das rote tuch

Eine phantastische Reise durch die Zeit

ANTHOLOGIE

HRSG. VON DER
AUTORINNENGRUPPE KOMMPLOT

KommPlot

das
rote
tuch

Eine
phantastische
Reise durch
die Zeit

ANTHOLOGIE

www.kommplot.com
Besuchen Sie uns auf unserer Homepage und tragen Sie sich in den
Newsletter ein.

Gefördert von der Hessischen Kulturstiftung durch ein
Brückenstipendium im Rahmen des „Kulturpaket II: Perspektiven
öffnen, Vielfalt sichern", 2021

Impressum
© 2021 KommPlot & friends – alle Rechte vorbehalten
Adresse: Kristin Weber, Im Sieckgraben 5, 37276 Meinhard
Herausgeberin: Die Autorinnengruppe KommPlot
Lektorat: KommPlot & friends
Korrektorat: Invar Thea Eickmeyer
Covergestaltung und Buchsatz: Laura Newman – design.lauranewman.de
Herstellung und Verlag: BoD – Books on Demand, Norderstedt

ISBN: 978-3-7557-1561-0

Bibliografische Information der Deutschen Nationalbibliothek: Die
Deutsche Nationalbibliothek verzeichnet diese Publikation in der
Deutschen Nationalbibliografie; detaillierte bibliografische Daten sind
im Internet über http://dnb.dnb.de abrufbar.

inhaltsverzeichnis

minotaurus

VON CHARLOTTE FONDRAZ

Vor 3600 Jahren
auf dem Minoischen Meer vor Kreta

Rolfr streckt den Kopf aus der Ladeluke des Frachtschiffes. Die gleißenden Strahlen der Sonne blenden ihn, er kneift die Augen zu und zieht sich hoch an Deck. Seit er dem ägyptischen Kapitän gehört, ist er kaum ans Tageslicht gekommen. Der Dolmetscher, ein zahnloser Seemann, sagt, der Kapitän will nicht, dass sich Rolfrs Haut bräunt. Sie soll möglichst hell und makellos sein. Deswegen peitscht der Kapitän ihn auch nicht aus, wie es sein vorheriger Besitzer getan hat, wenn er sich wehrte, sondern flößt ihm einen bitterscharfen Trunk ein, der ihn benommen macht.

Mit geschlossenen Augen setzt sich Rolfr auf die Decksplanken. Die Schläge der Trommel, die den Ruderern den Takt vorgibt, klingen heller als unten im Laderaum. Die Luft riecht frisch, der Wind streicht Rolfr sanft über die Haut. Vor einem halben Monat hat der Kapitän ihn an Bord gebracht. Es ist Nacht gewesen, daher kennt er vom Schiff nur den dunklen Laderaum, der den Rumpf einnimmt und nach oben durch die Decksplanken abgeschlossen ist. Nur wenn ein Seemann Essen bringt oder den Latrinen-Eimer leert, fällt Licht hinein. Der Laderaum ist mit Menschen, Tieren und Waren vollgestopft. Er sieht aus wie die Laderäume aller großen Frachter in den Häfen, die Rolfr mit Vater angefahren hat. Aber der Dolmetscher behauptet, dass das Segel dieses Schiffes blutrot und der Mast golden ist. Rolfr bedeckt seine Augen zum Schutz vor der grellen Sonne mit den Händen und späht vorsichtig zwischen den Fingern hindurch.

Der Mast spiegelt das Sonnenlicht, sodass er kaum hinsehen kann. Er ist tatsächlich vergoldet. Und ein leuchtend rotes Segel bläht sich im Wind. Ein solch großes Tuch zu färben, muss viel Silber gekostet haben. Ein Aufbau auf dem Deck ist mit mannshohen Federn bemalt. Normalerweise sehen Frachtschiffe eher unscheinbar aus. Doch dieses hier ist so prächtig, als führe ein König persönlich mit.

Rolfr atmet die frische Luft ein. Der Wind weht ihm den Gestank des Laderaums aus der Nase. Langsam gewöhnen sich seine Augen an die Helligkeit. Das Meer schimmert so blau wie Glockenblumen. Unglaublich, dass Wasser diese Farbe annehmen kann. Zu Hause, in Jörginsland, kann die See meisenblau oder heidelbeerblau werden, aber meist hat sie einen gedeckten Farbton. Den von Schiefer oder von Taubengefieder, und die Wellen glänzen silbrig wie Fischschuppen. Hier ist das Meer glatt wie ein Teich. Am Horizont erhebt sich eine bergige Insel. Um sie herum schwimmen Hunderte von Booten, winzig klein aus der Entfernung.

Die alte, bucklige Dienerin des Kapitäns tritt zu ihm. Sie trägt einen Korb, in dem sich Goldbänder ringeln.

Die Bucklige gibt ihm den Korb, dann kämmt sie Rolfrs Haare. Es ziept, doch es hilft nichts, wenn er protestiert. Dann setzt es nur Backpfeifen oder er muss wieder den Trunk schlucken. Deshalb sagt er nichts und hält still. Die Bucklige teilt sein Haar in dünne Strähnen. Er muss ihr aus dem Korb die Bänder reichen, und sie flicht sie ein.

Eine Strähne fällt ihm auf die Brust. Das Gold glitzert in seinen hellblonden Haaren, als wäre er ein siegreicher Anführer, dabei ist er nur ein Sklavenjunge. Na ja, fast ein Mann. Hätte er sich nicht überrumpeln und fangen lassen, dann wäre er bei der letzten Sonnenwende in den Kreis der Erwachsenen seines Stammes aufgenommen worden. Das wird jetzt wohl nie passieren. Er wischt sich über die Augen.

Aus der Kajüte tritt der Kapitän aufs Deck. Wie damals, als er Rolfr auf dem Markt erworben hat, trägt er ein weißes, gefälteltes Gewand und viele Ringe an den Fingern. Heute hält er eine mit zwei gewaltigen Hörnern besetzte Lederkappe in den Händen.

Dem Kapitän folgt der zahnlose Dolmetscher. Er hockt sich neben Rolfr, als seien sie befreundet, aber alles, was ihn interessiert, ist, dass Rolfr seinen Anweisungen Folge leistet. Dann, das hat der Dolmetscher Rolfr selbst erzählt, wird er vom Kapitän mit einer Extraration Bier belohnt.

Der Kapitän sagt etwas, und der Dolmetscher übersetzt: »Du bleibst nur so lang draußen, bis du dich wieder ans Licht gewöhnt hast. Damit deine Augen nicht tränen, wenn du vor Pasiphaë trittst.«

Als die Bucklige mit dem Flechten fertig ist, reicht der Kapitän Rolfr die Hörnerkappe. Die soll er tragen, wenn sie im Hafen anlegen, sagt der Dolmetscher. »Wenn du auf Kreta von Bord gehst, halt Ausschau nach einer Frau, die einen silbernen Gürtel mit eingravierten Bienen um den Leib trägt.«

Sie fahren nach Kreta! In diesem sagenumwobenen Land sollen die Menschen auf Stieren reiten. Kreta ist von Ölbäumen bedeckt und mit Häfen gesäumt, der Vater hat ihm davon erzählt. Die kretische Königin erhält Tribut von allen Ländern, die an das Südmeer angrenzen.

»Vor der Frau mit dem Bienengürtel kniest du nieder, vor keiner anderen! Wenn du es richtig machst, wird sie die neue Minas, das ist das kretische Wort für Königin, und dann behält sie dich. Und wie du vielleicht weißt, leben die Sklaven auf Kreta wie freie Leute.«

»Sie wird Königin, nur weil ich vor ihr knie?«, fragt Rolfr, aber der Dolmetscher winkt ab. Doch als er ihn wieder zum Laderaum führt, flüstert er ihm zu: »Ein Orakel hat vorhergesagt, dass Poseidon, der Meeresgott, für die neue Königin einen weißen Stier aus dem Meer entsteigen lässt. Und genau das wird geschehen.« Er grinst und öffnet die Luke. »Wenn du deine Sache gut machst, darfst du bleiben. Sonst schickt dich Pasiphaë, die Frau mit dem Bienengürtel, zurück aufs Schiff und du wirst in Thrakien auf dem Sklavenmarkt angeboten. Dann kannst du den Rest deines Lebens in Ketten verbringen.«

Er soll also der Stier sein, von dem das Orakel gesprochen hat. Orakel sind nie wörtlich zu nehmen, in Jörginsland hat die Zauberin einmal vorausgesagt, dass die Eisriesin Futter für ihre Wölfe sucht. Aber im Winter sind keine Wölfe gekommen. Nur zwei Wanderer, die sich im Schneesturm verlaufen hatten. Sie trugen Mäntel aus Wolfspelzen. Die Zauberin erkannte in ihnen die Wölfe der Eisriesin und nahm sie als Gäste im Dorf auf. Alle im Dorf bewirteten die Wanderer, obwohl sie selber kaum genug zu essen hatten.

Der Dolmetscher öffnet die Luke, Gestank dringt heraus, der Geruch der Menschen und Tiere, mit denen Rolfr seit vielen Tagen eingesperrt ist. Er schüttelt sich. Aus dem Mief tritt schon hier an Deck ein stechender Geruch hervor; es ist der der großen gefleckten Katze, die in einem Käfig sitzt und jeden Tag Fleisch zu fressen bekommt. Vorn an der Leiter stapeln sich die Kisten mit Schmuck, Stoffen und Instrumenten. Obenauf steht eine kleine silberne Truhe. Rolfr wirft einen Blick zurück auf die Insel, der sie inzwischen so nah gekommen sind, dass er einen Hafen mit steinernem Ufer und weiße Gebäude dahinter erkennen kann. Vielleicht dürfen die Sklaven dort in den Häusern schlafen, ohne Ketten an den Füßen.

Über die Leiter kehrt er in den Laderaum zurück. Selbst die anderen Sklaven können sich hier nur gebückt fortbewegen, Rolfr muss fast auf allen Vieren kriechen. Mit einer Hand hält er die Kappe mit den spitzen Hörnern in die Höhe, damit er im Gedränge niemanden verletzt. Die Bucklige folgt ihm und schließt von innen die Ladeluke.

Nach all den Tagen findet Rolfr seinen Platz auch im Dunkeln. Links vorn hecheln die Hunde, der Gestank der großen Katze kommt von rechts. Dazwischen sitzen Menschen, es ist nicht genug Platz da, damit alle sich hinlegen können. In einer Hand die Hörnerkappe, tastet er sich voran. Vorsichtig setzt er seine Füße zwischen die Körper. Jemand reicht ihm die Hand und rutscht zur Seite, das ist sicher der dunkelhäutige Mann mit den krausen Haaren, sein Sitznachbar. Rolfr ergreift die Hand und setzt sich an der freigewordenen Stelle nieder.

Leben wie ein freier Mensch, das bedeutet sicher nicht, dass er Kreta wieder verlassen darf. Aber vielleicht müssen die Sklaven dort nicht bis in die Nacht hinein schuften. Vielleicht werden sie nicht ausgepeitscht, nur weil sie sich unterhalten. In der Nacht gibt man ihnen vielleicht eine Decke zum Schlafen, und vielleicht bekommen sie mehr als nur Abfälle zu essen. Was würde er nicht für eine Schale Hirsebrei mit Heidelbeeren geben.

Ein wenig Licht dringt durch die Ritzen an der Ladeluke. Draußen warten frische Luft und Wind und Sonne auf ihn. An Deck knarzen die Ruderangeln, zum Takt der Trommel platschen die Blätter der Riemen ins Wasser. Rufe ertönen, zuerst leise, dann immer lauter. Schließlich stößt das Schiff gegen Holz, es schaukelt sacht - sie haben angelegt.

Draußen rufen viele Menschen in einer fremden Sprache. Sie lachen und pfeifen gellend. Sicher haben sie noch nie ein Schiff mit rotem Segel und goldenem Mast gesehen.

Die Stimmen verstummen. Jemand öffnet die Ladeluke.

Die Bucklige winkt den dunkelhäutigen Sklaven neben Rolfr heran. Vor der Leiter gibt sie ihm die kleine silberne Truhe. Damit klettert der Dunkelhäutige die Sprossen der Leiter empor und tritt auf das Deck. Draußen johlen die Menschen.

Schnell gibt die Bucklige dem nächsten Sklaven ein Zeichen. Einen nach dem anderen schickt sie mit Waren oder mit einem dressierten Tier nach oben. Als alle Kisten und Tiere ausgeladen sind, kommen die beiden

Musikantinnen an die Reihe. Die braunhäutigen Frauen tragen mit Saiten bespannte Holzkisten vor der Brust. Mit kleinen Hämmern schlagen sie auf die Saiten; sie spielen schon, während sie an Deck klettern. Die Musik ist schnell und mitreißend.

Nun befinden sich nur noch Rolfr und die Bucklige im Laderaum. Er kriecht zur Ladeluke, wo ihm die Bucklige die Hörnerkappe aus der Hand nimmt. Er kniet sich vor sie, damit sie ihm den Kopfschmuck aufsetzen kann. Die Bucklige muss kräftig ziehen, damit sie die Kappe auf seinen Schädel bekommt. Das Leder spannt um seine Stirn. Draußen endet schmetternd die Musik. Die Bucklige stupst ihn an und lächelt.

Vorsichtig reckt er seinen gehörnten Kopf aus der Ladeluke und blinzelt in die Sonne. Das Schiff liegt zwischen vielen anderen in einem Hafen. Der ganze Küstenstreifen besteht aus Stein. Aber nicht aus Felsen, sondern aus ebenen, glatten Blöcken. Dort stehen viele Leute, die Kreter, die er zuvor hat rufen und pfeifen hören, aber nun schweigen sie. Langsam steigt Rolfr an Deck. Die Kreter sind durchweg braunhäutig und von kleiner Statur, die meisten mit dunklen, langen Haarkordeln, in bunte, faltenreiche Gewänder gehüllt. Viele Frauen tragen Blusen mit so weiten Ausschnitten, dass ihre Brüste unbedeckt bleiben. Alle diese Leute sehen zu ihm herauf. Ein Kind lacht und winkt, ein kahlköpfiger Mann legt langsam die Hand auf seinen Mund. Selbst in der Heimat gehört Rolfr zu den hochgewachsenen Männern, für die Kreter hier muss er wie ein Riese aussehen. Seine Stammesgenossen in Jörginsland würden staunen, wenn sie wüssten, dass es hier erwachsene Männer gibt, die ihm kaum bis zur

Brust gehen. Von einer Straße, die von den braungrünen Hügeln hinunter zum Hafen führt, kommen noch immer Menschen heran. Sicher haben alle diese Leute von dem fantastischen Boot gehört und wollen es sehen.

Ganz vorn am Ufer sitzt eine Dame auf einem Esel. Sie trägt eine goldene Krone auf dem Kopf und viele Ketten und Ringe um den Hals, an den Armen und in den Ohren. Um sie herum stehen mehrere reich geschmückte Frauen mit hohen Steckfrisuren, schillernder Schminke um die Augen und blutrot gefärbten Lippen. Drei von ihnen tragen silberne Gürtel um die Hüften. Eine davon muss die Frau sein, von der der Dolmetscher gesprochen hat. Die, die ihn als einen fast freien Sklaven haben will.

Er läuft das Fallreep hinunter, das das Deck mit dem steinernen Ufer verbindet. Seine Schritte tappen leise auf dem Holz. An Land weichen die Einheimischen vor ihm zurück. Der Kahlköpfige lächelt ihn an, eine junge Frau lacht leise auf. Die Frauen mit den Silbergürteln sehen ihm ernst entgegen. Auf einem Gürtel ist ein Muster eingepunzt, auf dem zweiten Fische. Auf dem dritten glänzen Bienen im Sonnenlicht. Mit feinen Linien sind ihre Flügel ins Silber eingraviert. Er geht zu der Frau mit dem Bienengürtel. Ihre blutrot gefärbten Lippen glänzen wie mit Öl bestrichen. Ihre Brauen sind dick mit Kohle nachgezogen, auch um die Augen verlaufen schwarze Striche. Die violette Schminke auf den Oberlidern schimmert im Sonnenlicht. In der Steckfrisur der Bienenfrau glitzern Perlen. Er kniet vor ihr nieder. Die Dame neben ihr, es ist die mit dem Fischgürtel, tritt einen Schritt zurück und stößt mit dem Rücken gegen den Esel. Das Tier schnauft leise.

Mit beiden Händen ergreift die Bienenfrau die Hörner seiner Kappe. Er neigt den Kopf. Hoffentlich rutscht die Kappe nicht ab.

Das Volk bricht in Jubel aus. Rolfr hört das Wort »Minas« aus den Rufen heraus, was Königin bedeutet, hat der Dolmetscher gesagt. Die Leute stimmen einen Sprechchor an. »Mi-nas Pasi-phaë! Mi-nas Pasi-phaë!«, tönt es laut über den Hafen. Die Bienenfrau lässt ihn los und wendet sich der Greisin auf dem Esel zu. Diese regt sich nicht, das Volk ruft immer lauter. Ein junger Mann mit langen Haaren pfeift auf zwei Fingern, der Kahlköpfige klatscht im Rhythmus in die Hände.

Endlich steigt die Greisin mühsam von ihrem Esel. Die Dame mit dem Fischgürtel greift nach ihrem Arm, doch die Greisin wehrt sie ab. Sie tritt vor die Bienenfrau und setzt ihr die Krone auf. Rolfr rückt sich die Kappe zurecht.

Der Dolmetscher beugt sich zu Rolfr herunter. »Natürlich hat hier keiner damit gerechnet, dass sich das Orakel gerade heute erfüllt.« Er lacht leise auf. »Aber es hat geklappt. Du kannst aufstehen.«

Die Kreter jubeln und pfeifen, Rolfr dröhnen die Ohren von ihrem Lärm. Ein schlanker Mann mit langen Haaren und einer Federhaube auf dem Kopf läuft zu der Bienenfrau und umarmt sie. Vier Seeleute bringen das Fallreep vom Frachtschiff. Die Bienenfrau löst sich von dem Mann mit der Federhaube und steigt so selbstverständlich auf das Fallreep, als hätte sie es geübt. Die Kreter drängen sich um das Brett und heben ihre Arme. Jeder will mithelfen, die Bienenfrau zu tragen. Mit erhobenem Kopf steht sie auf dem wankenden Fallreep. Sie federt in den

Knien und gleicht so die Bewegungen des Brettes aus. Bestimmt gehört auch sie zu den Stierreitern. Und nun ist sie Königin geworden, Minas. Wegen ihm.

Mit der neuen Minas über ihren Köpfen ziehen die Leute auf der gepflasterten Straße den Hügel hinauf. Der Dolmetscher führt Rolfr im Zug mit. Sechs Kreter in grünen Mänteln und blau-weißen Röcken begleiten sie. Ihre Oberkörper sind bis auf den Mantel nackt. In ihren Ledergürteln stecken Schlagstöcke. Sie lachen und jubeln wie ihre Landsleute.

»Die Kreter nennen dich *Tauros*«, sagt der Dolmetscher. »Sie rufen: *Der weiße Stier ist übers Meer gekommen.*« Lächelnd klopft er sich auf seinen bronzebeschlagenen Gürtel.

Hinter den Dünen liegt ein weites Tal, in dem sich eine Stadt ausdehnt. Felder bedecken die Hänge. Die Häuser in der Stadt haben mehrere Stockwerke, in der Mitte sind die Gebäude am höchsten. Sie stehen dicht an dicht, von hier oben sieht die Stadt wie ein bunter Ameisenhaufen aus.

Die gepflasterte Straße führt zwischen den Feldern hindurch. Knorrige, kaum hüfthohe Bäumchen wachsen hier in einer Reihe. Neben Rolfr unterhält sich der Dolmetscher im Gehen mit einer jungen, barbusigen Frau. Ab und zu sagen die Wachen in den grünen Mänteln etwas in ihrer kretischen Sprache zu Rolfr, sie lächeln. Aber als er versucht, aus der Menschenmasse hinauszutreten, werden sie ernst. Einer zieht seinen Stock und tippt ihm damit in die Rippen. Tja, offensichtlich werden auch auf Kreta die Sklaven bewacht.

Die ersten Häuser der Stadt sind flach und weiß gekalkt, doch bald stützen rote und schwarze Säulen obere

Stockwerke. Gemalte Tiere und Pflanzen schmücken die Wände. Sogar Fabeltiere sind dargestellt, Vögel mit Wolfstatzen, geflügelte Esel und Schlangen. Die Gemeinschaft zu Hause würde nicht glauben, was Rolfr hier zu sehen bekommt. Dass nicht alle Häuser der Welt eingeschossig und aus Flechtwerk sind wie in der Heimat, hat Rolfr schon in der Stadt mitbekommen, in der der Sklavenmarkt abgehalten wurde. Doch diese Gebäude hier sehen aus, als wären die glatten Wände, die gleichmäßigen Säulen und Treppenstufen mit Gussformen erschaffen worden. Je weiter es ins Innere der Stadt geht, desto näher rücken die Häuser zusammen. Die Gassen werden enger und schattiger. Schließlich halten Strohdächer die Sonne ganz ab. Rolfr und der Dolmetscher treten durch ein Tor, das so hoch ist, dass sogar Rolfr seinen Kopf nicht einziehen muss. Die anderen Leute bleiben zurück. Hinter dem Tor erwartet sie eine Frau mit vor Alter zerfurchten Wangen. Sie führt Rolfr und den Dolmetscher weiter, durch Gänge und Tore, treppauf, treppab. Überall kommen ihnen Menschen entgegen, laufen vor ihnen oder hinter ihnen her. Diese Stadt ähnelt auch im Inneren einem Ameisenhaufen mit vielen verschlungenen Tunneln. Ein einziges verwinkeltes Gebäude, ein prächtiger bunter Irrgarten, der sich über viele Stockwerke ausdehnt. Vielleicht muss man so alt werden wie die Frau, die ihn geleitet, um alle Wege zu kennen.

Schließlich gelangen sie in einen riesigen Saal, in dem gerade Kreter in blau-weiß gestreiften Röcken Teppiche und Kissen zurechtlegen.

»Hier wird gleich Pasiphaës Krönung gefeiert«, sagt der Dolmetscher zu Rolfr. »Auf dem Fest sollst du Gewichte heben und zeigen, wie stark du bist. Ich glaube, die neue Minas will dich behalten. Also enttäusche sie nicht.«

Es ist Nacht. Rolfr liegt auf dem „Bett" in seinem Zimmer. Das Lager ist extra für ihn angefertigt worden, wegen seiner Körpergröße. Es passt gerade noch in den Raum hinein. Der Stoff, der über das Bett gespannt ist, das „Laken", riecht nach Blumenwiese, denn der Diener, der täglich vorbeikommt und schaut, ob es Rolfr an nichts fehlt, besprüht es jeden Morgen mit Duftwasser. Seit einem Monat lebt er nun schon auf Kreta, er hat den Mond über dem Lichthof, der an sein Zimmer grenzt, schwinden und wieder wachsen gesehen.

Er dreht sich auf die andere Seite, die Spannriemen des Bettes knarzen leise. In das dunkle Holz des Bettgestells sind Fabelwesen eingeschnitzt. Mit dem Finger fährt er an den Linien entlang. Da ist das achtfüßige, rumpflose Tier. Nun ist es zu dunkel, um es zu sehen, aber am Tage schaut es freundlich aus seinen riesigen Augen. Das weiche Kissen schmiegt sich an Rolfrs Wange. So viel Prunk, dieses Gemach wäre eines Häuptlings würdig.

Er ist nur ein Sklave, aber er ist auch der Stier, den der Meeresgott geschickt hat, deshalb halten ihn die Kreter für sehr wertvoll. Jetzt gehört er zu den Akrobaten, einer Truppe, die bei Festen ihre Kunststücke zeigt. Die Erste Akrobatin hat gesagt, dass dies eine besondere Ehre ist, die für gewöhnlich nur Kretern zuteilwird. In Knossos, so heißt die Stadt, leben viele Akrobaten, Musikanten und Tänzer, sie üben den ganzen Tag und haben keine anderen Aufgaben. Bisher hat Rolfr noch bei keiner Vorstellung mitgewirkt, er muss die komplizierten Figuren erst einüben. Aber die Erste Akrobatin ist mit seinen Fortschritten zufrieden. Wenn er ihr Vertrauen gewinnen kann, bietet sich eines Tages vielleicht die Gelegenheit zur Flucht. Oder er kann sich vielleicht seine Freiheit verdienen, mit einer Heldentat oder durch jahrelange treue Dienste. Jemand aus Jörginsland kommt vielleicht mit einem Frachter und löst ihn aus. Er zieht die Decke bis unter sein Kinn. So ein Unsinn, Jörginsland liegt am anderen Ende der Welt.

Bestimmt haben Mutter und Vater die Hoffnung aufgegeben, ihn je wiederzusehen. Aber sicher denken sie an ihn. Sie sitzen mit der Gemeinschaft am Feuer und reden darüber, was ihm wohl passiert sein mag. Ob er im Meer ertrunken ist. Getötet oder verschleppt. Sie weinen. In der Heimat ist jetzt noch Winter ... Die Tränen laufen über sein Gesicht in das duftende Laken.

Draußen im Lichthof rascheln Blätter, ein Zweig bricht. Der Hof kann nur von Rolfrs eigenem Gemach aus betreten werden. Bestimmt ist ein Tier hineingefallen, die dreibeinige Katze vielleicht, die manchmal oben an der Dachkante vorbeiläuft. Sie muss verletzt sein, der Hof ist drei Stockwerke tief. Er setzt sich auf.

Schritte tappen im Raum vor dem Schlafzimmer, jemand muss durch den Lichthof in die Wohnung gekommen sein. Da erscheint eine kleine Gestalt in der Tür.

Ganz leise kommt sie herein. Ihre Umrisse zeichnen sich in der Dunkelheit ab. Ein Mädchen, sie trägt nur einen Rock. Ihr Haar hängt nach kretischer Art in Kordeln herab. Langsam nähert sie sich seinem Bett. Die Art, wie sie ihre Hüften schwingt, passt eher zu einer erwachsenen Frau als zu einem Mädchen. Der Lichthof ist hoch und schmal, deshalb kommt der Mondschein kaum bis nach unten, doch Rolfr kann die hellen Streifen auf ihrem Rock erkennen. Das ist die Tracht der Dienerschaft, Rolfr besitzt auch so einen Rock. Die Dienerin kommt langsam näher, so als hätte sie Angst, ihn zu erschrecken.

Ein bisschen Kretisch spricht er ja schon, für einen Gruß reicht es. »Guten Tag.« Er bemüht sich, den singenden Ton der fremden Sprache nachzuahmen.

Als Antwort neigt die Frau den Kopf. Irgendetwas sollte er jetzt sagen, damit sie nicht denkt, er sei vor Schreck erstarrt.

»Du ... wie?« Er zeigt zum Fenster und zum Lichthof dahinter.

Mit Gesten erklärt die Dienerin ihm, dass sie sich abgeseilt hat. Er beugt sich zum Fenster. Im Lichthof hängt tatsächlich ein Seil. Sie muss es oben auf dem Dach befestigt haben.

Wahrscheinlich gehört die Dienerin auch zu den Akrobaten. Es sind so viele, und die kleinen Kreter mit ihren schwarzen, langen Haaren sehen sich alle ähnlich. Heute bei der Probe ist ihm ein blinder Trommler aufgefallen, doch ob diese Frau dabei gewesen ist, daran erinnert er sich nicht.

Sie setzt sich zu ihm aufs Bett. Ihre Hände legt sie auf das Laken, Rolfr spürt, wie sie zittern. Unter ihrem Rock steigt der Duft auf, den er von der Nachbarstochter im Heimatdorf kennt. Der einzigen Frau, mit der er bereits geschlafen hat.

Er lacht. Das hat er seit Monaten nicht getan. »Komm her, aber erwarte nicht zu viel von mir.« Natürlich versteht die Dienerin kein Wort, nur deshalb traut er sich, seine Unerfahrenheit so offen zuzugeben.

Sofort ergreift sie seine Hand. Ihre ist warm und verschwitzt. Sie beugt sich vor und legt ihre Stirn an seine Brust.

Die Dienerin bleibt fast die ganze Nacht. Beim ersten Morgengrauen steht sie auf. Ihr gelenkiger Körper ist so aufregend, ihr würziger Geruch so verführerisch, hoffentlich kommt sie ihn wieder besuchen. Sie hat schon die Tür zum Lichthof erreicht, da dreht sie sich um und kehrt zu ihm zurück. Sie umarmt ihn und drückt seine Hände, als wollte sie ein wortloses Versprechen geben.

»Du bist stumm, nicht wahr?« Er tippt auf ihre Lippen. »Du kannst hören.« Er streicht leicht über ihre Ohrmuscheln. »Aber sprechen kannst du nicht.«

Der Umriss ihres Oberkörpers zeichnet sich vor dem Fenster ab. Sie hat den Kopf zur Seite gelegt wie die Katze, wenn sie vom Dach zu ihm hinabschaut. Ach genau, er kennt das kretische Wort für „sprechen" doch schon. »Du sprichst nicht.«

Sie legt ihre Hand fest auf seinen Mund.

Als Antwort ergreift er die Hand und küsst sie. »Ich verrate nichts, verlass dich drauf«, sagt er leise in seiner Muttersprache.

Schnell dreht sie sich um und läuft davon, hinaus in den Hof. An die Tür gelehnt blickt er ihr hinterher, wie sie flink an dem Seil emporklettert. Von oben winkt sie.

»Bis bald, stumme Trösterin.« Er winkt zurück. Vielleicht sehen sie sich ja schon morgen auf der Probe wieder.

Es ist Herbst geworden. Auf Kreta scheint die Sonne noch immer warm, doch es regnet oft. Beim letzten Vollmond vor der Sonnenwende wird das Fest des Meeresgottes gefeiert. Die Akrobatentruppe soll die Verbrüderung des Poseidon mit dem Urzeit-Kalmar nachspielen. Die Erste Akrobatin hat für diese Vorführung besonders aufwendige Tanz- und Akrobatikfiguren geplant. Sie hat angekündigt, dass sogar Gäste aus Phaistos und Malia erwartet werden. Schon seit Tagen proben sie nur für diese Vorstellung. Alle sprechen davon, wie wichtig sie sei; offenbar hängt das Ansehen der Hauptstadt davon ab. Das Fest ist wohl so bedeutend wie in Jörginsland die Sonnenwende, wenn das Kräftemessen der Völker stattfindet. Doch hier geht es um Geschichten, die Rolfr noch nie gehört hat. Auf Kreta gibt es andere Gottheiten als in der Heimat. Wenn er mehr Kretisch kann, wird er seine Akrobatik-Kameraden fragen, ob sie den Donnermacher kennen oder die Schneeriesin mit ihren Pfeilen aus Eis.

Heute findet die Generalprobe statt. Am Morgen haben sie die Eröffnungstänze geprobt, dann sind die

Musikanten an der Reihe gewesen. Jetzt, nach der Pause, muss sich Rolfr wieder mit den anderen Akrobaten auf dem Festplatz einfinden. Die Sonne steht schon tief, trotzdem brütet die Hitze noch. Das Pflaster des Platzes und die steinernen Tribünen strahlen die Wärme ab wie im Feuer erhitzte Backsteine. Rolfr wischt sich den Schweiß von der Stirn. Auf der langen Reise nach Kreta hat er sich offenbar der Sonne angenähert, auch die Sterne stehen hier anders als in der Heimat. Die Axt des Donnermachers erreicht das obere Himmelszelt nicht, sie zieht nah am Horizont vorbei.

»Jeder auf seine Position«, reißt ihn die Erste Akrobatin aus den Gedanken. »Wir proben jetzt die ganze Nummer durch, ohne Unterbrechung.«

Der Trommler klemmt sich sein Instrument zwischen die Beine und schlägt ein paar Takte.

»Gebt euer Bestes«, ruft die Erste Akrobatin. »Stellt euch vor, Minas Pasiphaë säße auf der Tribüne.«

Der Tanz beginnt. Die ersten Tiere des Meeres, die Seepferdchen, treten auf. Mit den anderen Akrobaten, die ebenfalls noch nicht an der Reihe sind, wartet Rolfr im Schatten der Tribüne auf seinen Einsatz. Auf der Spielfläche klettern die Seepferdchen auf Stangen, die im Boden verankert sind. Nur mit den Beinen schrauben sie sich in die Höhe, bis sie über den obersten Zuschauerrängen hängen. Die schlanken Männer, die heute ein schillerndes Gewand und einen Helm aus bespanntem Flechtwerk tragen, sehen wirklich aus, als ob sie schwerelos im Wasser schwimmen würden. Dann kommen die Seesterne hinzu. Die Turner halten sich in Fünfergruppen an je einem Holzreifen fest. Nun stecken sie in den

Kostümen, die Reifen sind nicht zu sehen; sie verschmelzen zu einem einzigen Tier, es sieht großartig aus. Für solche Kunststücke ist Rolfr viel zu groß und zu schwer, die Erste Akrobatin setzt ihn für Kraftfiguren ein. In diesem Stück spielt er die Rolle des Orion. Sein Kostüm besteht aus einem kurzen hellblauen Rock, einem perlenbesetzten Zepter und einer riesigen Krone aus Holzstäben. Die Krone ist ein Turngerät, zum Ende der Vorstellung werden sich die drei Kraken an ihr festhalten, während sie über seinem Kopf ihre gelenkigen Körper zu den unglaublichsten Figuren verbiegen.

»Hey, seht mal!« Die Akrobatin neben Rolfr, die eine Muschel darstellt, zeigt auf die Treppe, die zum Festplatz führt.

Da kommt tatsächlich die Minas. Sie trägt die goldene Krone und ein in verschiedenen Rottönen gestreiftes Rüschenkleid. Ausnahmsweise ist sie ganz allein, niemand von ihrem Hofstaat begleitet sie. Ihre Augen sind mit violett schimmernder Schminke umrandet. Sie macht ein Zeichen, dass sie nicht stören will, und nimmt leise auf einem der mittleren Ränge Platz.

Gleich kommt Rolfrs Einsatz. Die Akrobatin neben ihm ergreift ihre Muschelschalen aus kalkbestrichenem Schilfgeflecht und läuft zur Spielfläche. Mit dem Zepter in der Hand und der Krone auf dem Kopf folgt er ihr.

Die Minas macht ein freundliches Gesicht und spendet Beifall mit kurzen Zurufen. Rolfr betritt die Spielfläche. Als Orion, Sohn des Poseidon, muss er bei seinem Tanz den Vater verteidigen.

»Bravo!«, ruft die Minas, als er die Schwertfische im Schaukampf durch die Luft wirft. Zum Schluss, als Poseidon und der Urzeit-Kalmar den Brudertanz beendet haben und Rolfr die Kraken auf dem Kopf balanciert, streckt sie die Fäuste mit abgespreizten kleinen Fingern in die Höhe, das bedeutet *gut gemacht.*

Nach der Vorführung stellen sich alle Akrobaten in einer Reihe auf. Da pfeift die Minas sogar durch die Zähne, das ist auf Kreta das höchste Publikumslob.

»Hervorragend.« Sie läuft die Stufen zur Spielfläche hinab. »Ihr seid einfach fantastisch.«

Die Erste Akrobatin hebt die Arme und legt die Hände über dem Kopf zusammen, so danken auf Kreta die Spielleute dem Publikum. Alle Akrobaten machen es ihr gleich, alle strahlen. Rolfr bemerkt, dass auch er über beide Wangen grinst.

»Nur das Finale stimmt noch nicht ganz«, sagt die Minas und lächelt.

»Eure Hoheit?« Die Erste Akrobatin tritt zur Seite, und die Minas läuft auf die Spielfläche.

»Der Kalmar braucht mehr Platz, dann könnte er noch besser zur Geltung kommen.« Die Minas zeigt auf die Einsiedlerkrebse. »Die Krebse könnten weiter seitlich tanzen. Und Poseidons Sohn ...« Sie kommt auf Rolfr zu. »... muss noch stolzer sein. Tauros!« Sie baut sich vor ihm auf. »Du hältst ein Zepter, keinen Speer.« Ihr Parfüm, Noten von Edelholz und Honig, hüllt ihn ein. »Es ist nur eine Kleinigkeit, aber mit großer Wirkung. Halt das Zepter einmal hoch.«

Rolfr hebt den Perlenstab. Ein Schweißtropfen läuft ihm den Nacken hinunter.

»Höher. Über den Kopf!« Die Minas greift ihm in den Arm und drückt ihn nach oben.

Rolfr zuckt zusammen, die Berührung ist so vertraut. Er blickt auf die Minas hinab. Das violette Pulver um ihre Augen schillert in der Sonne. Dunkel sind ihre Brauen nachgezogen. Der Mund schimmert blutrot. Ein vertrauter Geruch kommt hinter der Parfümwolke zum Vorschein. Kein Zweifel, mit diesem Duft ist er heute kurz vor Tagesanbruch eingeschlafen. So unnahbar ihm das Gesicht unter der Schminkmaske auch vorkommt, mit dieser Frau teilt er fast jede Nacht sein Bett.

Kurz starrt sie ihn an, als hätte er einen gespannten Bogen in der Hand und den Pfeil auf sie gerichtet. Doch schon kneift sie den roten Mund zusammen und gräbt ihm ihre Fingernägel in den Arm.

»Ich werde es so machen, wie Ihr es von mir erwartet, Minas«, flüstert er schnell, »das schwöre ich.«

Einige Monate später

Rolfr kniet auf dem Boden und bindet die Stäbe für seine Orion-Krone zusammen. Gleich beginnt auf dem Zentralhof die Vorstellung. Vor ein paar Tagen hat die Minas einen Sohn geboren und heute wird dieses Ereignis gefeiert. Gäste aus ganz Kreta, sogar aus Athen und Thira, sind angereist. Der König von Athen hat seine eigene Akrobatentruppe mitgebracht, sie sollen gleich mit Rolfrs Truppe zusammen im Zentralhof auftreten. Auf der Tribüne an der gegenüberliegenden Seite des Hofes sitzen hohe Würdenträger und ausländische Gäste in bunten Roben und plaudern. Nur in der Mitte sind ein Dutzend Plätze für die Minas und ihr Gefolge freigehalten worden.

»Hey, Tauros!« Ein athenischer Akrobat tippt ihn an die Schulter. Rolfr schaut auf, mit Daumen und Zeigefinger presst er den Knoten an seiner Krone zusammen.

»Unser König hat den kleinen Prinzen schon gestern beim Festessen präsentiert bekommen. Meine Truppe war zum Tanzen eingeteilt, und ich konnte einen Blick auf den Jungen werfen. Mit dem stimmt etwas nicht.« Der Athener hält einen Jonglierstab in der Hand, er lässt ihn um sein Handgelenk kreisen. »Meine Landsleute halten das Kind für einen Halbmenschen.«

Rolfr zieht den Knoten fest und richtet sich auf. Kreta ist die größte Seemacht im Mittelmeer, und Athen ist der Insel tributpflichtig. Das ärgert die Athener, wahrscheinlich stichelt der athenische Akrobat deshalb. Neugeborene Kinder sind selten schön.

Auf der Tribüne nehmen die Mächtigsten von Knossos ihre Plätze ein. Die grauhaarige Hafenmeisterin mit den schlaffen Brüsten, der magere Baumeister Daidalos in seinem athenischen Chiton. Eine Hofdame reicht der Minas einen perlenbestickten Lederfächer.

»Prinz Asterion, der *kleine Stern*, so heißt er«, sagt der Athener und rümpft die Nase. »Dabei sieht er so fahl aus, als käme er aus der Unterwelt.«

Der schlanke Minasgatte mit der Federhaube tritt an die Minas heran. Er hält ein Bündel im Arm. Die Minas nickt ihm zu, er schlägt vorsichtig den Stoff zurück. Ein kleiner, heller Arm kommt zum Vorschein. Ein bewunderndes Raunen geht durch die Menge. In den

Zuschauerrängen erheben sich ein paar Kreter, begeistert strecken sie die Fäuste mit abgespreizten Fingern in die Höhe. Die Hafenmeisterin lächelt und hebt ebenfalls ihre Faust. Nur der Baumeister streicht sich über den langen Bart.

Der Athener fängt seinen Jonglierstab auf. »Aber weißt du was?« Er grinst. »Ich hätte einen passenderen Namen für den Prinzen.«

Der Minasgatte wickelt das Kind aus den Windeln und hält es in die Höhe. Die Hofdame flüstert der Minas etwas ins Ohr, beide blicken lächelnd auf das Kind.

Die blütenweiße Haut des Säuglings und die silbrigen Haare kann Rolfr auch aus der Entfernung erkennen. Sein kleiner Bruder hatte genauso einen glitzernden Flaum auf dem Kopf. Rolfrs Herz schlägt laut wie eine Trommel in seinen Ohren. *Asterion, der kleine Stern.* Vielleicht hat der Minas wieder ein Orakel geholfen, und alle Kreter glauben, die Silberhaare und die helle Haut des Jungen wären ein Gottesgeschenk.

Der Athener grinst noch breiter. »Was hältst du von Mina-Tauros?« Er richtet seinen Stab auf Rolfr. »Halb Kreterin, halb Stier.«

»Ich weiß nicht, was du meinst.« Rolfr setzt sich seine Orion-Krone auf. »Aber pass auf deine Zunge auf.« Mit einem großen Schritt tritt er vor den Athener, dieser senkt seinen Stab und weicht zurück.

Das Publikum jubelt dem Minasgatten und dem Säugling zu. Der Kleine reckt seine weißen Arme in die Höhe, der Haarschopf leuchtet im Sonnenlicht. Rolfr geht zum Rand der Spielfläche, wo schon seine Akrobatik-Kameraden warten.

Er atmet tief durch. Die Luft riecht nach Regen, das Wetter ändert sich. Trompetentöne erklingen. Gleich beginnt die Vorstellung.

autorin

Charlotte Fondraz schreibt Altertumsromane. „Der Prinz im Labyrinth" spielt im bronzezeitlichen Kreta ist 2021 erschienen. Als Vorsitzende eines kunstschaffenden Vereins (Association projekt9) verfasst sie Theaterstücke sowie Szenarien für Kurzfilme und organisiert interaktive Events. Die Autorin lebt abwechselnd in der Nähe von Bordeaux und in Bremen. Bevor sie sich der Schriftstellerei widmete, studierte sie in Deutschland und Frankreich Biologie und Anthropologie und war als Offsetdruckerin, Paläopathologin und Übersetzerin tätig. Charlotte ist Mitglied bei den Bücherfrauen und Amnesty International, wo sie ebenfalls schreibt, nämlich Briefe für die Freiheit. Auf ihrer Webseite berichtet sie in einem Blog über sich und ihre Arbeit: www.charlotte-fondraz.com

litermont lied

VON HEIKE KNAUBER

FEUERGEBURT

Karfreitag 1523, Deppeweller am Weltersberg

In der Nacht rann ein Beben und Grollen durch den
Weltersberg. Tief im Bauch des Berges, in einer unterir-
dischen Höhle, brodelte ein See aus kochendem Gestein.
Aus dem Glühen erhob sich eine von Krusten überzoge-
ne Skelettgestalt, um den Hals ein Tuch aus Flammen.
Maledictus. Der Sohn des Feuers. Mit seinen Lavaklauen
riss er Spalten ins Gestein. Immer weiter zwängte er sich
aufwärts durch Kupferadern und meterdickes Mineral-
gestein. Dabei verstrich die ganze Nacht.

Unterdessen brach auf dem Weltersberg ein trüber
Frühlingsmorgen an. Durch den winterkahlen Wald
hallte Vogelgezwitscher, das just verstummte, als ein
reiterloser Rappe gesattelt und aufgezäumt durch das
Unterholz stampfte. Schnaubend blieb das Tier nahe einer qualmenden Erdspalte stehen. Bleiche Finger und
Hände tasteten sich dort aus dem Erdreich hervor. Ein
Kopf folgte, glatt und weiß wie Alabaster. Das Gesicht
trug die Züge einer römischen Götterstatue. Maledictus
öffnete die noch farblosen Lippen und füllte seine Lunge

mit dem Atem des Waldes. Die Augen, die er aufschlug, waren zunächst noch tot und weiß. Mit jedem Atemzug aber wurden sie lebendiger, und bald pulsierten feinste Adern um die dunkle Iris seiner Augen. Maledictus zwängte sich weiter aus dem Erdreich, das ihn nur widerwillig und mit einem Schwall Rauch entließ. Kraftvoll war sein Leib, eine Komposition eleganter Glieder und Muskeln. Er sah an sich hinab. Aus seinen Poren trat Rauch und verdichtete sich auf seinem Kopf zu gelocktem Haar und am Körper zu einem schwarzen Priesterrock, gediegen und modisch geschnitten. Auch seine Beine bekleidete der Rauch mit Reithosen und blanken Stiefeln. Aus der Tasche des Priesterrocks zog Maledictus ein rotes Tuch, das er sich locker um den Hals schlang. Dann trat er zu dem Rappen, der nicht die geringste Scheu vor ihm zeigte, nahm die Zügel auf und schwang sich in den Sattel. Bald darauf preschten sie durch den Wald zum Dillinger Galgenberg.

MORGENSTUND HAT TOD IM MUND
Dillinger Wald auf dem Galgenberg, bei Dejfeln

Lena zitterte. Seit Stunden schon sickerte ihr der eisige Nieselregen durch den Mantel und das Kleid auf die Haut. Bald schon würde ihr sehr heiß werden, dachte sie in einem Anflug von Galgenhumor. Lena stand in einem rostigen Käfig auf dem Henkerswagen, mit dem sie vom Kerker des Dillinger Schlosses auf den Galgenberg gekarrt worden war. Sie ließ die Stäbe los und legte die Hände auf die sanfte Rundung ihres Unterleibs. Das zarte

Strampeln darin trieb ihr vor Kummer die Tränen in die Augen. Könnte sie das Kind doch nur aus sich befreien. Eingehüllt in eine weiche Decke würde sie es ihrer Mutter mit nach Hause geben. Das Ungeborene hatte nichts verbrochen, wenngleich die Kirche das anders sah. Und ja, es stimmte: Sie hatte sich dem jungen Ritter Martin hingegeben, dem Erben der Feste Litermont. Verzweifelt suchte Lena in der Menge nach seinem dunklen, stets zerzausten Schopf. Doch es war unmöglich, dass er kam und sie befreite. Vor drei Wochen war er zur Burg Nanstein in der Pfalz aufgebrochen. Er und noch einige andere Ritter hatten sich dem Ruf des Franz von Sickingen angeschlossen, um sich gegen den Kirchenadel zu erheben. Eine Sache, die gewiss kein gutes Ende nehmen konnte, nachdem Martin im Herbst vor den erzbischöflichen Truppen schon einmal nur knapp nach Hause entkommen war.

Seither waren die Zornesreden von Martins Zwillingsbruder Eberhardt, dem frischgeweihten Priester, immer eifriger geworden. Und die Blicke, mit denen er und seine Mutter, Margarete von Litermont, Lenas sich rundenden Bauch beäugt hatten, immer unheilvoller. Lena stieß den Atem in einer frostigen Wolke aus und blickte auf das aufgeschichtete Holz. Bald würde es für sie brennen. Ja, sie war schuldig. Niemals hätte sie sich in den Draufgänger Martin verlieben dürfen. An der Seite des aufwieglerischen Franz von Sickingen war er der Kirche ein Dorn im Auge geworden. Lena sah zu dem Galgenstrick über dem aufgeschichteten Holz. Verurteilte Hexen erwartete erst der Strick, um ihre verdorbenen Seelen zu befreien. Den sündigen Leib holten die

Flammen. Sie blickte hoch zu den grauen Wolken, und in ihrem Bauch zappelte das Kind. Ob es wohl ahnte, was ihnen bevorstand?

An den Gitterstäben zerbrach ein faules Ei, matschige Kohlblätter folgten. Lena tat einen Schritt zurück und unterdrückte ein Würgen. Aus der Schar von Schaulustigen, die sich trotz des heiligsten Feiertags zu dem grausigen Spektakel eingefunden hatten, reckten sich ihr Fäuste entgegen. »Hängt die Teufelsbuhle! Miststück! Niemand kann dir jetzt noch helfen. Auch der Ritter vom Litermont nicht!«

Eine gebeugte Alte bekreuzigte sich, ein Großmütterchen mit fehlenden Zähnen. Lena kannte sie. Wenn sie sich früher auf dem Markt begegnet waren, hatten sie einander gegrüßt. Jetzt wünschte die Alte ihr den Tod.

Lena kniff die Lider zu und sah Martins Gesicht vor sich, sein markantes Kinn mit dem Grübchen und die grauen Augen. Sie fühlte noch seine warme Haut unter ihren Fingern. Er hatte ihr versprochen, zu Ostern aus der Pfalz zurück zu sein. Doch zur Auferstehung war sie nicht mehr am Leben. Lena seufzte. Wo blieben nur Henker und Priester? Das Warten auf das Unabänderliche war die reinste Folter.

HEIMKEHR
Feste Litermont über dem Nalbacher Tal

Martin schwang sich im Hof der Burg Litermont von seinem mit Schlamm bespritzten Schimmel. Nach einer harten Nacht im Sattel ächzte sein Körper wie nach einer

Gasthausprügelei, doch er bedauerte den mörderischen Ritt nicht. In Gedanken war er schon bei Magdalena. Er kam nicht länger gegen ein breites Grinsen an. Bald würde sie ihn zum Vater machen. Und es war ihm egal, was seine gnädige Frau Mutter dazu sagte. Er würde Lena heiraten, selbst wenn er zuvor erst einen Priester über dem Höllenfeuer rösten musste. Martin richtete das Langschwert an seiner Seite und überquerte den von hohen grauen Mauern eingefassten Hof mit langen Schritten. Etwas merkwürdig kam es ihm schon vor, dass sich so gar niemand blicken ließ. Nicht einmal der Stallbursche, Magdalenas Cousin.

Martin führte sein Pferd zum Brunnen und zog einen Eimer Wasser hervor. Das Tier tauchte gierig sein Maul bis zu den Nüstern ein und er klopfte ihm den schweißnassen Hals. »Nicht so hastig, mein Freund, sonst gibt's eine Kolik.« Später würde er das Tier selbst absatteln. Jetzt wollte er erst zu Mutter, um ihr seine Pläne zu offenbaren.

Er hatte fliehen müssen, die Verschanzung auf der Burg Nanstein war schmählich misslungen. Durch einen geheimen Abwassergang war er den Trierer Truppen ein weiteres Mal entkommen. Martin stieß die Tür des Burgfrieds auf und sprang immer zwei Stufen auf einmal empor. Rasch nur würde er seine Mutter begrüßen, weil sich das so gehörte. Er konnte es kaum abwarten, zu Lena ins Gesindehaus zu eilen. Heute noch musste er mit ihr verschwinden, bevor seine Verfolger auch hier nach ihm suchten. Alles von Wert, was sich auf zwei Pferde packen ließ, würde er mitnehmen, um mit Lena und dem Kind irgendwo ein neues Leben zu beginnen.

IN DUNKLER STUND
Dillinger Wald auf dem Galgenberg, bei Dejfeln

Lena hielt sich an den Gitterstäben fest. Die Knie waren ihr weich geworden. Der Priester war eingetroffen. Eine nachtschwarze Einheit aus Reiter und Pferd. Jedoch kannte sie den Mann mit den engelsgleichen Zügen nicht. Er musste der Vollstrecker der Kirche sein. Sie reckte den Hals. Nun fehlte nur noch der Henker. Die Menge wich vor dem Kirchenmann mit dem flammendroten Tuch um den Hals zurück. Neben dem Scheiterhaufen schwang er sich aus dem Sattel. Die Bibel und einen Rosenkranz aus schwarzen Perlen in der Hand, trat er an den Karren zu ihrem Käfig und lächelte zu ihr herauf. Mit der Rechten zeichnete er das Kreuz in die Luft.

An einem Tag wie heute war im fernen Heiligen Land der junge Jesus von Nazareth auf dem Hügel Golgota für die Sünden der Welt gestorben. Lena senkte den Kopf. *O Herr Jesu, steh mir und meinem Kind bei.* Ihre Augen brannten und eine Träne lief über ihre Wange. Im Geist sah sie den bärtigen Nazarener mit der Dornenkrone vor sich. Sie schloss die Augen und atmete tief durch. Frieden überkam sie. Der Priester rezitierte mit klarer Stimme ihren Schuldspruch und sprach von der Gnade der Kirche.

Lena konzentrierte sich auf den Heiland in ihren Gedanken.

»Hab keine Angst!«, flüsterte er ihr zu und sie blinzelte.

Das konnte doch nicht sein! Sie kniff die Lider fester zu und sah den Bärtigen umso deutlicher vor sich. Mit seinen warmen braunen Augen sah er sie an. *»Liebe ist* *stark wie der Tod und Leidenschaft unwiderstehlich wie das Totenreich. Ihre Glut ist feurig und eine Flamme des Herrn.«* Er zwinkerte. *»Das Verslein ist nicht von mir, aber es klingt tröstend, nicht wahr?«*

»Ja, wunderschön.«

»Amen!«, verkündete der Priester.

Lena öffnete die Augen und das Kind in ihrem Bauch stemmte sich gegen ihre Bauchdecke. Sie schrak zusammen. Der Bärtige mit der Dornenkrone stand neben ihr im Käfig. Trotz des blutigen Wundmals in der Hand umfasste er das rostige Gitter. *»Schau, die Erlösung naht!«,* sagte er leise und deutete in die zurückweichende Menge. Lena folgte seinem Blick, und ihr Magen zog sich zusammen. Der Henker war eingetroffen.

AUF MARGARETES GEHEISS
Feste Litermont über dem Nalbacher Tal

»Was soll das heißen, ihr habt sie fortschaffen lassen?« Martin überlief es kalt. Er fror, trotz Feuer im Kamin. Mit geballten Fäusten stand er vor seinem Zwilling Eberhardt, der das rote Tuch um den Hals trug, das er seit seiner Priesterweihe nicht mehr abgelegt hatte. Die kräftige Farbe unterstrich die blutleere Blässe seiner Haut. Martin kam es so vor, als blickte er seiner eigenen Leiche in die Augen.

»Du hast mich schon verstanden, Martin«, presste Eberhardt hervor und zerrte an dem Tuch, als stranguliere es ihn. »Die Teufelsbuhle löst sich in diesem Moment in den Flammen des Scheiterhaufens auf. Mutter und ich haben sie ins Dillinger Schloss schaffen lassen, wo ihr der Prozess gemacht wurde.«

Martin schüttelte den Kopf. Das konnte nicht sein. Heute war Karfreitag. Hinrichtungen fanden an solch hohen Feiertagen nicht statt. Eberhardt wollte ihn verhöhnen.

»Ich habe das veranlasst. Ich habe Anklage gegen sie erhoben.«

Martin fuhr herum. Die magere Gestalt seiner Mutter hob sich dunkel vor der trüben Butzenverglasung ab. »Das Urteil musste rasch gesprochen und vollstreckt werden. Dir ist wohl noch immer nicht klar, in welche Situation du uns da gebracht hast. Du bist ein Verräter an der Heiligen Kirche! Und obendrein besitzt die du die Dreistheit, nach dem Desaster in Trier und Nanstein wieder hier Unterschlupf zu suchen. Dein rebellisches Gemüt wird uns noch alle auf den Scheiterhaufen bringen!« Mutters Absätze knirschten auf dem Binsenstroh.

Martin glühten die Ohren vor Wut. *Ruhe bewahren!,* mahnte er sich. Seine Mutter stand nun vor ihm. Die schwarze Samtkappe unterstrich ihre verhärmten Züge. Früher waren ihre Augen himmelblau gewesen, heute lagen sie wie totes graues Gestein in den eingesunkenen Augenhöhlen. Martin schluckte. »Mutter, sag, dass das nicht wahr ist. Magdalena ist sechzehn, sie ist eine anständige und kluge junge Frau, ihre Familie dient uns seit mehr als einem Jahrhundert. Ich war es, der sie in Schwierigkeiten gebracht hat, und ich werde das wieder in Ordnung bringen. Wir heiraten. Egal, was der päpstliche Imperator in Rom oder die Hölle selbst dazu sagen!« Mit der Faust schlug er gegen seine kettengepanzerte

Brust. »Lena bekommt mein Kind, Mutter! Unser Fleisch und Blut. Ein Sohn vielleicht, der unsere Linie fortführen könnte, und du gehst hin und schickst sie auf den Scheiterhaufen?« Angewidert verzog er das Gesicht. »Was bist du nur für ein Ungeheuer geworden, seit Vater tot ist!«

Mutters Blick wurde nachsichtig, sie hob die behandschuhte Hand an Martins Gesicht. Unwillkürlich spannten sich seine Wangenmuskeln. »Mein Sohn, mit dem, was ich veranlasst habe, ziehen wir deinen Kopf aus der Schlinge. Der Richter hat festgestellt, dass dir diese junge Hexe die Schandtaten eingeflüstert hat. Aber damit ist jetzt Schluss. Sie brennt, und dein Leben ist gerettet. Geh nun in die Kirche und lege die heilige Beichte ab. Geh mit deinem Bruder hinüber in die ...«

Martin packte seine Mutter am Hals. »Du hinterlistige Schlange!«

Hinter ihm scharrten Eberhardts Schuhe, sein Bruder riss an seiner Schulter. Doch Martin konnte nur in die wächserne, schmerzverzerrte Fratze seiner Mutter starren. Ein verbittertes altes Monster war sie geworden. Ein Ungeheuer, das über Leichen ging. Ihrer zuckenden Kehle entrangen sich röchelnde Laute.

»Hör auf!« Eberhardts Stimme überschlug sich. »Du versündigst dich an Mutter, an der Frau, die uns geboren hat!«

Martin stieß seine Mutter von sich und sie stolperte und fiel zu Boden.

»Junge!«, rief sie. »Du bist verflucht, das junge Ding hat dich völlig verdorben!«

Martin schüttelte den Kopf. Er spürte kaum, dass Eberhardt mit den Fäusten auf seinen Rücken eintrommelte. »Verdorben?

Ich?«, brüllte er. »Nein, ich nicht, aber ihr beide, ihr seid verdorben! Von eurer verfluchten Kirche!« Martin fuhr zu seinem Bruder herum, der hastig vor ihm zurückwich. Leichenblass stand Eberhardt da. Die Knie zusammengepresst, als pisste er sich jeden Moment in die Hose. Ein schleimiger Wurm ohne Rückgrat. Aber das war er schon immer gewesen. Der einzige Farbfleck war das lächerlich rote Tuch, das er umgebunden trug. Eberhardt fiel auf die Knie.

Mutter kreischte: »Nein! Nicht! Beim Auferstandenen, tu das nicht!«

Martin biss die Zähne zusammen. Obwohl der Drang, das Schwert zu erheben, übermächtig in seiner Hand pulsierte, tat er es nicht. Er war ein Hitzkopf, *ja*. Aber nicht der Mörder seiner Familie. Eberhardt kroch jetzt auf allen Vieren zu Mutter hin. Martin steckte das Schwert weg und machte auf dem Absatz kehrt. Nur einen Augenblick später, so kam es ihm jedenfalls vor, saß er wieder auf seinem Schimmel und preschte durch den Wald. Die Landschaft flog an ihm vorbei. Der Wind brannte in seinen Augen. In Gedanken sah er Lena vor sich, wie sie gefesselt auf dem qualmenden Scheiterhaufen stand. »Gütiger Himmel! Lass mich nicht zu spät kommen!«

DER LETZTE GANG
Dillinger Wald auf dem Galgenberg, bei Djelfen

Lena gelang es kaum, die Holzstufen zu erklimmen, die auf den Scheiterhaufen führten. Hinter ihr ging der Priester und verlas Bibelverse. Die Schaulustigen johlten.

Aber Lena nahm den Pöbel, die vielen Köpfe, nur als dunkel wogende Menge wahr, die lauthals danach verlangte, sie brennen zu sehen. Sie konnte an nichts anderes denken als an ihr Kind. Sie würde alles dafür geben, es zu retten. Wenn Martin nur käme, wenn sie ihm das Kleine nur geboren und gesund in den Arm legen könnte.

Eine Hand schob sich ihr unter die Achsel und sie sah auf. Noch immer wurde sie von dem warmen Gefühl begleitet, dass der Nazarener bei ihr war. Doch vor ihr stand der Henker. Ein Hüne von einem Kerl und breit wie ein Pferd. Sein Gesicht war hinter einer ledernen Maske verborgen, seine Augen funkelten auf sie herab. Lena entrang sich ein Schrei, als er sie packte und auf das Fallgestell unter dem Galgenstrick zog. Sie wankte und dennoch schaffte sie es, nicht vor Angst zusammenzubrechen. Der Henker fesselte ihr die Hände über Kreuz auf dem Rücken. Da bemerkte er die kleine, aber eindeutige Wölbung unter ihrem Kleid. Er erstarrte für einen Moment, dann bekreuzigte er sich verstohlen. »Keine Angst«, flüsterte er. »Ich mach's kurz. Bei Vöglein wie dir bricht das Genick schnell.«

Lena bekam nichts heraus, nur eine Träne löste sich von ihren Wimpern und landete auf der schmutzigen Faust des Henkers. Er stöhnte auf. Lena hob den Kopf, damit der Mann ohne Gewissensbisse fortfahren konnte. Die Menge grölte. Doch da, inmitten des hasserfüllten Chores, sang eine zittrige Stimme. Das Osterlied erklang. *O Filii Et Filiae.* Lena blickte nach unten zu ihrer Mutter, die sich durch die Menge gekämpft hatte und direkt vor dem Scheiterhaufen stand. Tränen strömten ihr über das hochrote Gesicht. Hinter ihr trat der Nazarener aus dem

Gedränge und stellte sich neben sie. Lena stimmte in den Gesang ihrer Mutter ein. Sie sang für ihr Ungeborenes. Derweil zog der Henker die Schlinge fester um ihren Hals und sie biss die Zähne zusammen.

HÖLLENRITT
Dillinger Wald am Galgenberg

Martin jagte im Galopp die Steigung empor. Er scherte sich nicht um die schaulustigen Pilger, die ringsum aus dem Weg hechteten. Die schamlosen Gaffer, denen es um nichts anderes ging, als eine junge Frau brennen zu sehen. Endlich erreichte er den Gipfel. Magdalena. Sein Herz setzte einen Schlag aus. Sie lebte!

Die Hände auf den Rücken gefesselt stand sie auf der Falltür über dem Scheiterholz. Er konnte nur auf die zarte Wölbung unter ihrem schäbigen Kleid starren. Sein Kind.

Martin zog das Schwert und trieb den Schimmel voran. Mit Wut im Bauch blickte er zu der schwarzen Gestalt in Priestergewändern. Die Leute stoben aus Furcht auseinander. Doch es war Martin egal, ob jemand verletzt wurde. Ein jeder aus diesem schaulustigen Pack hatte den Tod verdient! Martin sah zum Henker, der ihn nun bemerkte und vom Auslöser der Fallvorrichtung zurücktrat. Der Priester stellte sich Martin in den Weg. Um seinen Hals flatterte ein flammendrotes Tuch, genauso eins, wie Eberhardt es trug. Die Faust mit dem Rosenkranz vorgestreckt, als vermöchte er ihn mit einem baumelnden Kreuzlein zu verscheuchen. Lateinisches Geschwafel auf den Lippen, die Augen funkelten frenetisch vor religiöser Verblendung. Wind kam auf und spielte mit dem roten Tuch. Die Böe war so eisig, dass sie Martin den Atem nahm. Wisperstimmen erhoben sich. »*Maledictus*«, zischten sie. »*Maledictus.*« Mit einem Satz war Martin vom Pferd, über die Holzstiege erstürmte er den Scheiterhaufen. Vor dem Priester aber prallte er zurück, als wäre er gegen eine Wand gelaufen.

»Vade retro me, Satana!«

Martin lachte auf. »Satan? Ich? Du bist hier das leibhaftige Übel!« Mit beiden Händen holte er zu einem Schwerthieb aus und schlug zu. Der Bann um den Priester zerbrach in Myriaden eisiger Splitter, die Martin um die Ohren spritzten. Die Schwertklinge fuhr durch den Hals des Priesters, durchtrennte Haut, Sehnen, Muskeln und Knochen. Blut wirbelte auf und bespritzte die Umstehenden. Der Kopf und das rote Tuch flogen in die Menge. Schwarzer Qualm wehte Martin ins Gesicht, mit brennenden Augen sah er sich um, da stolperte ihm Lena in die Arme. Überwältigt drückte er seine Liebste an sich. Sie zitterte am ganzen Leib und Martins Wut kehrte zurück. Durch den sich verziehenden Rauch erblickte er den Henker. Der Kerl hatte sich die Ledermaske vom Kopf gerissen. Neben ihm stand ein bärtiger Fremder in altertümlichen Gewändern. Barfuß und mit Dornenkrone.

»Reitet zum Grauen Stein!«, sagte der Fremde.

Die Sanftheit dieser Stimme erschütterte Martin. Er blinzelte. Der Graue Stein war ein Kultplatz der keltischen Heiden, nördlich der Feste Litermont. Um den Felsen rankten sich allerhand Schauergeschichten.

Martin schlang den Arm um Lena und zog sie mit sich. Im Stillen hoffte er, dass dem Kindlein durch seine Grobheit nichts geschah. Er stieß einen scharfen Pfiff aus und sein Schimmel trabte heran. Mit seinem Dolch zerschnitt er Lenas Fesseln und hob sie in den Sattel, hinter ihr schwang er sich auf. Ihr vertrauter Geruch nach Kernseife und Honig machte ihn schwindelig.

»Bin ich froh, dass dir nichts passiert ist.« Fest drückte er die Lippen gegen ihre heiße Wange, dann trieb er den Hengst durch die Menge. Hände zerrten an seinen Stiefeln und er trat zu. In seinem Kopf hallten die Worte des Bärtigen. *Reitet zum Grauen Stein!* Früher, als Martin und sein Bruder noch Jungen gewesen waren, hatten sie oft dort oben gespielt. Eberhardt, die Memme, hatte sich stets geweigert, durch das Felsentor zu schreiten, vor lauter Angst, er würde in der Hölle landen. Martin fluchte, die verdammten Leute wollten nicht weichen.

Plötzlich aber driftete die Menge auseinander. Der schwarze Kaltblüter des Priesters, der vorhin noch am Baum festgebunden gewesen war, bahnte sich einen Weg. Erneut kam Wind auf.

»Maledictus!«, wisperte es.

Lena, die es offenbar auch vernommen hatte, schnappte nach Luft.

»Halt dich fest!«, raunte Martin. Der Schimmelhengst verstand seinen Schenkeldruck und stürmte mit einem Satz voran.

Der Rappe stieg auf die Hinterhand und bäumte sich mit schlagenden Hufen auf, doch der Schimmel brach zur Seite aus und donnerte vorbei. Hinab ging es den Galgenberg. Das Volk, das noch immer zur Passion strömte, wich in alle Richtungen aus. Martin drückte Lena an sich und trieb das dahinstürmende Pferd weiter mit den Fersen an. Die kahlen Bäume rasten vorbei. Martin kannte den Weg zum Grauen Stein im Schlaf. Seinem Hengst flogen Schaumflocken aus dem Maul, das Schlachtross schwitzte und glühte. Von der Burg Nanstein hatte Martin es schon die halbe Nacht auf der alten Römerstraße gehetzt.

»Komm schon, Junge! Das Stück schaffst du auch noch!«

Der Waldboden vibrierte wie unter einem Beben und Martin warf einen Blick über die Schulter. *Verdammt! Wie konnte das sein? Der schwarze Teufel! Und auf seinem Rücken saß der Priester!*

Den abgeschlagenen Kopf wieder auf den Schultern. Und das rote Tuch umgebunden.

»*Maledictus!*« Das Gesäusel des Windes zischte an Martins Ohr vorbei. Mit zusammengebissen Zähnen jagte er unbeirrt dahin. Der Waldboden stieg an und der Hengst kämpfte sich den Pfad empor, seine Hufe pflügten durch den vom Regen weichen Boden. »Weiter! Nur weiter, Kamerad!«, feuerte Martin ihn an.

JENSEITS DES TORES
Am Keltenstein nördlich der Feste Litermont

Lena klammerte sich an die Pferdemähne, Martin erdrückte sie fast mit seinem kettengepanzerten Körper. In ihrem Bauch stemmte sich das Kind gegen die Enge. Der Wind peitschte ihr die Tränen in die Augen. Martin. Er war zurückgekehrt. Auch wenn er einen

Priester getötet hatte und nun die ganze Welt hinter ihnen her war, hämmerte ihr Herz vor Freude. Martin war gekommen, um mit ihr zu sterben. Aber wo wollte er nur hin? Doch nicht etwa zu seiner Burg. Sie jagten durch den Buchenwald und dann hinauf zu einer Kuppe mit dunklen, moosbewachsenen Felsen. *Der Graue Stein!* Der sagenumwobene Ort, wo dereinst die Heiden blutige Opferfeste gefeiert hatten. Martin preschte unvermindert darauf zu.

»Lena«, keuchte er neben ihrem Ohr. »Vertraust du mir?«

Sie musste lachen. »Säße ich sonst hier? Du verrückter Kerl!« Wenn er unbedingt mit ihr sterben wollte, dann sollte es so sein. Der Schimmel würde sich auf all dem losen Geröll noch die Beine brechen. Doch Martin zerrte an den Zügeln, und kaum, dass der Hengst zum Stehen kam, sprang er aus dem Sattel, und bevor Lena die Luft für eine Frage fand, hatte er sie schon auf den Boden gestellt.

Ein Beben erschütterte den Berg. Felsen knirschte. Steine gerieten ins Rutschen. Wind kam auf.

»Da!« Martin deutete den Berg hinab und schob Lena mit dem Arm hinter sich. Mit metallischem Gesang zog er sein Schwert blank.

Lena traute ihren Augen nicht. *Der Priester!* Aber Martin hatte ihm doch den Kopf abgeschlagen. Nun saß der Priester wie ein Racheengel auf seinem Rappen und donnerte mit dem schweren Tier die Steigerung empor. Auch das rote Tuch flatterte wieder an seinem Hals.

»Los, Lena, da hinauf, durch das Tor im Felsen. Ich komme nach.« Martin zog den tänzelnden Schimmel am Zügel weg von all dem losen Gestein, gab ihm einen Klaps und das Tier machte kehrt und sprengte davon. Bergab stürmte es, dem Priester auf seinem Rappen entgegen.

Mit dem Schwert in der Hand wirbelte Martin zu Lena herum. »Lauf!«

Sie wollte etwas sagen, bekam aber nichts heraus. Martin ergriff ihre Hand und zerrte sie hinter sich her. Lena konnte kaum mithalten, so lang und kraftvoll waren seine Schritte. »Was hast du vor?«

»Wenn ich das wüsste!«

Ringsum erhob sich ein Sturm mit Geheul und umherfliegendem Geäst. Der Boden unter Lenas Füßen wankte, doch Martins Hand hielt sie sicher und fest. Er strahlte eine Ruhe aus, die ihr schon unmenschlich vorkam. Welkes Laub, Steinchen und Erde wirbelten um sie herum.

Zwischen den emporragenden Felswänden tat sich eine Lücke auf. Es sah aus, als hätte ein Riese eine Tür hineingemeißelt. Lena blinzelte. Da war ein Wald auf der anderen Seite. Zwar bogen sich auch dort die Äste der Bäume im Wind, aber der Wald war grün wie im Sommer. Hoffnung durchzuckte sie. Vielleicht passierte heute ja noch ein weiteres Wunder. Martin zog sich zu sich heran und schlüpfte mit ihr zwischen den Felswänden hindurch. Lena war so schwindelig, dass sie Mühe hatte, auf den Beinen zu bleiben. Sie drängte sich an Martin, der die Arme um sie legte. Die Farben und Formen der Landschaft verwischten zu einem Strudel. Da war etwas im Gange, das ihr Angst machte. Schneller und schneller drehte sich alles. Sie blieben stehen und klammerten sich aneinander, um nicht hinzufallen. Das Kind in Lenas Leib zog Arme und Beine an, es igelte sich ein. Martins Gesicht kam näher und ihre Lippen trafen sich zu einem Kuss. Auch er atmete schwer, doch er erlaubte nicht, dass sie etwas anderes sah und fühlte außer ihm und dem Kind. Er schmeckte nach dem Blut des Priesters und dem Stahl des Schwerts. Aber sein Mund wärmte sie und seine sanft tastende Zunge gab ihr Hoffnung.

Nach einer Weile kam die Welt zum Stillstand. Noch immer trauten sie sich nicht, den Blick voneinander zu lösen. Statt des kalten Windes wehte eine laue Brise. Vögel zwitscherten und Lena sog die sommerliche Waldluft ein, in der eine fremdartige Note lag. Der Geruch einer anderen Welt.

In Martins Mundwinkel schlich sich ein Lächeln. »Er hatte Recht«, murmelte er.

Lena blinzelte ihn an. »Wen meinst du?« Sie wollte nichts anderes sehen als ihren Martin. Es spielte keine Rolle, ob sie tot oder lebendig waren, wenn sie nur zusammen waren.

Martin grinste. »Na, der Kerl mit der Dornenkrone. Er hat da barfuß gestanden, zwischen dir und dem Henker.«

Lena starrte in Martins graue Augen »Wie? Du hast ihn auch gesehen?«

DIESSEITS DES TORES
Ostern 2023, Am Keltenstein nördlich der Feste Litermont

Martin lächelte. Er mochte die Augen kaum von seinem Sohn abwenden, der ebenso hellblond wie Lena war. Bernie ließ sich gut an. Seit einigen Tagen konnte er laufen und stakste mit seinen kurzen Beinchen an

Lenas Hand. Die Sonne schien warm auf sie herab. Das Blümchenkleid, das Lena anhatte, schmiegte sich an ihre schlanke Gestalt, darunter trug sie eine Jeans, die ihre langen Beine betonte. Martin gefiel die neue Art, wie sie sich kleidete, ausgesprochen gut. Ein Jahr war seit ihrer Ankunft vergangen. Beim Amt für Zeitreisende hatten sie den Asylantrag gestellt und eine Sozialarbeiterin, die selbst eine Zeitreisende gewesen war, hatte sich in den ersten Monaten ihrer angenommen. Martin blickte auf das dunkelblaue Sonnenverdeck des Sportbuggys, den er vor sich herschob. Ein merkwürdiges Gefährt war das, wie so vieles in dieser hochtechnisierten Welt. Inzwischen hatte er eine Anstellung in einem Gartenbau-Unternehmen gefunden. Die Arbeit gefiel ihm und ließ ihm viel Zeit für den Kleinen und die Kampfsportschule, die er mit einem anderen Zeitreisenden gegründet hatte. Lena, die hier alles beängstigend schnell lernte, ging aufs Gymnasium. Mit knapp achtzehn galt sie als blutjunge Mutter. Nach dem Abi wollte sie Mediävistik studieren. Derzeit war sie dabei, Martin zu überreden, das Abi an der Abendschule nachzuholen. Martin legte mit dem Fuß die Kinderwagenbremse ein und schlenderte zu dem Kleinen und Lena hinüber. Vielleicht holte er das Abi wirklich nach. Aber so wichtig war ihm das nicht. Die Arbeit in der Kampfsportschule machte mehr Spaß. Er schnappte sich den Kleinen und setzte ihn sich auf die Schultern. Bernie krallte die Händchen in seine Haare. Lena sah zu ihnen auf und grinste. Sie hatte Blumen mitgebracht. Narzissen, um sie am Fuß des Keltensteins niederzulegen. Sie gedachten damit des Karfreitags des Jahres 1523, des Tages, an dem sie ins Licht dieser neuen Zeit getreten waren.

Die saarländische Sagengestalt „Maldix" bleibt nebulös in den Überlieferungen. Ein kühner Jäger und übler Zecher soll er gewesen sein, was ihm den Spottnamen, lat.: *maledictus* einbrachte. An Christi Todestag soll er im Nalbacher Herrenwald eine Treibjagd auf einen Hirsch veranstaltet haben und dabei mit Ross und Hund von einem Felsen gestürzt sein. Die Mutter des Ritters, Margarete vom Litermont, ging als fromme Frau mit einem heute noch sichtbaren Denkmal auf dem ehemaligen Burghügel in die Geschichte ein. Auch über Maldix' frommen Bruder, der auf der Burg Siersberg gelebt haben soll, findet sich kaum etwas. Die vorliegende Maldix-Interpretation habe ich in die Zeit des Pfälzischen Ritteraufstands in den Jahren 1522/1523 verlegt. Anführer der Ritterschaft war ein Franz von Sickingen, der die vom wirtschaftlichen Aufschwung ausgenommene „Landritterschaft" zu den Waffen gegen Trier und die Fürsten der Region rief. Allerdings hatte von Sickingen die Solidarität des Ritteradels unterschätzt. So schlug die Fürstenkoalition, angeführt von dem Trierer Erzbischof Richard von Greiffenklau, den Aufstand auf Sickingens Burg Nanstein blutig nieder.

autorin

Heike Knauber ist als Saarländerin im Zeichen des Son-
nenkönigs geboren. Jahrzehnte im internationalen Soft-
ware-Vertrieb haben sie geprägt. Colorado über Schweden
nach Singapur. Überall hat sie auf ihren Reisen einen Platz
zum Schreiben gefunden. Inspiriert von den Mythen der
Antike und der High Fantasy hat sie mit ihrem bei Blanvalet
erschienen Roman „NAJADEN - Das Siegel des Meeres" eine
Welt voller Magie erschaffen und entführt ihre Leserschaft
zu sagenumwobenen Orten. Neben der Romanarbeit schreibt
sie Kurzgeschichten und fängt beim Fotografieren mystische
Orte und Atmosphären ein. www.heike-knauber.de

das nasse grab

VON D. O. HASSELMANN

Es war eine der unangenehmsten Fragen, was sag ich, es war die peinlichste Frage, die ich je in meinem Leben gestellt habe. So empfinde ich das zumindest heute. »Sag mal«, fragte ich meinen Großvater Hark Martensen eines Tages, »wie kommt es eigentlich, dass so viele Männer in unserer Familie - Onkel Broder und Fokke und auch Tjalf und Ocke - draußen auf See geblieben sind und du nicht?«

Gut, ich war zwar erst zehn oder elf Jahre alt, aber eine solche Äußerung gehörte sich auch für ein Kind nicht. Wir saßen in der Küche von Großvaters kleinem Friesenhaus, wo ich damals oft zu Besuch war. Das weiß getünchte Backsteinhaus stand in einem Dorf namens Nieblum auf der Nordseeinsel Föhr. Es lag nur einen Steinwurf von der Kirche St. Johannis und vom Friedhof der sprechenden Grabsteine entfernt. Die Schicksale vieler Föhrer Kapitäne kann man heute noch auf den Grabsteinen nachlesen. Manch einer hatte es geschafft und häufte vor allem durch den Walfang stattliche Reichtümer an, doch mindestens genauso viele fanden draußen auf hoher See ihr nasses Grab.

Das alte Reetdach von Großvaters Haus war mit Moos überwuchert, aber immer noch dicht, und wir saßen an diesem Tag drinnen an einem schlichten Holztisch, der an den Kanten durch unzählige Berührungen mittlerweile dunkel glänzte. Auf dem Holzofen siedete bereits das Wasser in einer Blechkanne, während draußen der erste Herbststurm des Jahres den Regen in scharfen Böen gegen die Fensterscheiben warf. Der Wind pfiff dazu in hohen Tönen durch das Reet.

Großvater reagierte zunächst nicht auf meine Bemerkung. Meine taktlose Frage war allerdings längst draußen in der Welt und ließ sich nicht mehr einfangen. Ich hoffte, dass er sie ignorierte oder - besser noch – gar nicht erst gehört haben mochte. Er goss das heiße Wasser in eine bauchige Porzellankanne mit einem Dekor aus zarten blauen Blüten und stellte zwei Teepötte auf den Tisch. Der Tee war dermaßen schwarz, dass man ihn nicht von Kaffee unterscheiden konnte. Er schmeckte mir zwar nicht, dafür genoss ich die Zeit mit meinem Großvater umso mehr. Insbesondere liebte ich seine Geschichten vom Meer, bei denen man nie genau wusste, was er wirklich erlebt hatte oder was nur altes Seemannsgarn war.

Großvater stellte ein Kännchen mit frischer Sahne und eine Zuckerdose neben meinen Teepott und setzte sich mir gegenüber. Ich gab gleich drei ordentliche Stücke Kandis in den Pott, um den bitteren Geschmack abzumildern. Beim Einschenken des heißen Tees knisterten die großen Zuckerkristalle. Die Sahne goss ich dann großzügig und gegen den Uhrzeigersinn in den Tee, wie es sich gehörte. Nach altem Brauch kann man damit angeblich die Zeit anhalten oder zumindest ihren Lauf verlangsamen. Vielleicht war auch das einer der unverrückbaren Gründe, warum ich immer das Gefühl hatte, die Uhr würde zurückgedreht, wenn ich bei meinem Großvater war.

Er beugte sich langsam zu mir herüber und sah mich mit seinen wässrigen, blassblauen Augen an. Die tiefen Falten an den Wangen und an der Stirn blieben unbewegt, nur die Unterlippe, die von winzigen braunen Punkten gesprenkelt war, zitterte leicht. Endlich brach er das Schweigen. »Hast du schon einmal etwas von Davy Jones gehört?«

»Nein, ich glaube nicht«, sagte ich und senkte den Kopf, weil ich dem intensiven Blick nicht länger standhalten konnte.

»Man nennt ihn auch den Teufel des Meeres.«

Ich lachte. Weniger, weil es lustig war, sondern aus reiner Verlegenheit. »So ein Ding mit Hörnern auf dem Kopf? Mit feurig leuchtenden Augen und einem langen Schwanz? Wie im Märchen?«

Großvater lachte nicht mit. Sein Blick blieb unergründlich und er berührte nur das rote Tuch, das er stets am Hals trug und das halb unter seinem Hemd verborgen war. Ich schreckte hoch, als draußen eine Böe an den Fensterscheiben rüttelte. Im Holzofen knackte das Feuer. Ich griff rasch nach dem Pott und trank einen Schluck von dem bittersüßen Tee.

»Willst du wirklich wissen, warum ich heute hier vor dir sitze und nicht schon längst im nassen Grab liege wie so viele in unserer Familie?«

Ich nickte. Dann begann er zu erzählen.

Die *Drie Süsters* war eines der letzten Segelschiffe, die die Reeder noch rauf ins Nordwasser schickten, um die wenigen übrig gebliebenen Pottwale der einst stolzen Bestände zu fangen. *Goldminen des Nordens* hatte man die Gegend früher genannt, doch die Zeit der Tranlampen und der prächtigen Eingangsportale aus Walknochen war längst vorbei, seit man angefangen hatte, Öl aus dem Boden zu pumpen.

Wie dem auch sei, der junge Hark Martensen war damals mächtig stolz, als Harpunier auf der *Drie Süsters* anzuheuern. Rolf Rolufs aus Oldsum war ihr Kommandant, ein aufrechter Seemann vom alten Schlag, mit strammer Haltung und strengem Blick. Man konnte sich in jeder Lebenslage auf ihn verlassen. Er war schon vierundfünfzig, und es sollte seine letzte Fahrt werden, bevor er sich zur Ruhe setzte.

Hark und die anderen Föhringer Seeleute brachen im Februar direkt nach dem Biikebrennen von der Insel auf und schifften in Cuxhaven auf dem Vollschiff ein. Neben dem Kommandanten und dem Steuermann waren zwei Speckschneider, noch drei weitere Harpuniere und zwei Küper für das Einlagern des Waltrans in die Fässer dabei.

Nach ruhiger vierwöchiger Fahrt erreichte die *Drie Süsters* im Mai die ersten Walgründe vor der Westküste von Spitzbergen. Wochenlang kreuzten sie erfolglos in den norwegischen Gewässern. Weder den Schatten einer Fluke noch den winzigsten Blas konnten sie erspähen. Das schleichende Gift von Frust und Langeweile kroch ihnen in die Glieder. Als Halfpartfahrer, dessen Hauptlohn aus dem Waltran bestand, der später verkauft werden würde, sah Hark seine Heuer bereits davonwehen wie den losen Sand vom Goting-Kliff. Die Eintönigkeit des Alltages an Bord der *Drie Süsters* wurde bei den wenigen Landgängen nur durch das Abernten von Löffelkraut zwischen den Felsen von Spitzbergen unterbrochen - und durch die ramponierte Nase vom dämlichen Sievert Rickmers. Aus dem Kraut bereitete der Smutje eine Mahlzeit zu, die sie *grönländischen Salat* tauften. Der sollte sie angeblich vor Mundfäule schützen, aber das Zeug schmeckte scharf wie Senf und war im Grunde ungenießbar. Und Sievert hatte sich die Nase gebrochen, weil er hackedicht, was öfters vorkam, nach dem Pinkeln am Vordersteven ausgerutscht war und mit seiner Visage das Dollbord poliert hatte.

Kommandant Rolufs hatte irgendwann selbst genug von den Misserfolgen und ließ Kurs Westnordwest Richtung Grönland setzen. Wenige Wochen später kreuzten sie in der Davisstraße und schlugen eine Handvoll hagere Robben auf einer größeren Eisscholle, die in der Baffinbai neben dem Schiff hertrieb. Es war schon August und die Fässer im Frachtraum waren immer noch leer. Selbst die Küper, die auch sonst nur Holz im Kopp hatten, verloren damals die Lust am Schnitzen von irgendwelchen namenlosen Figuren oder unnützen Kistchen.

Immer öfter nahm Hark in den Freiwachen die Kette mit dem silbernen Medaillon von seinem Hals, öffnete es und betrachtete das Bild seiner geliebten Etje, das in ihm eingeschlossen war. Sie hatten sich einander erst im letzten Winter versprochen und würden im kommenden Jahr heiraten.

Dann endlich war die Zeit der Heimfahrt gekommen, denn sie wollten sich nicht im aufkommenden Packeis einschließen lassen. Es war Sonntag, Kommandant Rolufs hielt gerade die Andacht an Deck und las aus der Bibel, während er selbst immer wieder über das Dollbord hinausblickte und das Meer nach Beute absuchte. »Wenn wir aber auf das hoffen, was wir nicht sehen, so warten wir darauf in Geduld.«

Mitten in seiner Predigt schrie Ole, ein langer Matrose mit schlohweißen Haaren, vom Großmast runter: »Wal! Wal, da bläst er!«

Kommandant Rolufs kam nicht mehr zum Vaterunser. Hark fegte zusammen mit seinen Kameraden übers Dollbord und sprang in die erste der vier Schaluppen. Sie ließen die Boote ins Wasser fallen, kaum dass der letzte Mann an Bord saß. Kommandant Rolufs stieg selbst ins Krähennest hoch und dirigierte die Schaluppen zum Wal hin, indem er in sein Sprachrohr brüllte und mit seinen Armen fuchtelte. Hark legte sich in die Riemen und pullte, weg von der *Drie Süsters*, als hinge sein Leben davon ab. Wenigstens diesen einen verfluchten Wal wollte er erwischen.

Sie flogen geradezu über die Wellen hinweg. Die wütende Gischt schäumte an den Flanken der Schaluppe vorbei. Hark hielt alle fünf Sinne zusammen, er kannte nur ein Ziel.

»Pullt, Männer, pullt, als wär euch der Teufel persönlich auf den Fersen!« Die Bootsführer brüllten aus Leibeskräften und trieben die Rudergänger bis zum Äußersten an.

Harks Schaluppe war die erste am Ziel. Sie verlangsamten das Tempo, um den Wal nicht zu erschrecken.

Behutsam ruderten sie näher heran. Der Wal schien noch nicht in Sorge zu sein. Geräuschlos griff Hark nach der Harpune und stand vorsichtig auf. Keine fünf Faden waren sie mehr von dem Tier entfernt. Der Pottwal war ein stattlicher Bulle - zwanzig Meter lang und mindestens fünfzig Tonnen schwer. Jetzt erkannte er Harks Ansinnen. Wütend stieß er eine meterhohe Fontäne aus seinem Blasloch. Mit seiner Fluke brachte er die See unmittelbar vor dem Boot zum Kochen. Gleich würde er in die Tiefe abtauchen. Und dann wäre er für zwei Stunden verschwunden und damit für immer verloren. Hark sprang auf, stemmte die Füße gegen die Planken und spannte jeden Muskel seines Körpers. Aufrecht wie der leibhaftig gewordene Herakles schleuderte er die Harpune hinter das Blasloch des Tieres - und traf auf Anhieb. Der Wal tauchte sofort ab. Die Leine rauschte aus, folgte ihm in die Tiefe. Sie spannte sich, und der Wal zog jetzt die Schaluppe hinter sich her. Sie nahmen Fahrt auf. Schneller, als ein Schiff segelt oder ein Vogel fliegt, rasten sie dem Wal hinterher. In Harks Ohren sauste es. Ihm schwindelte und sein Magen wurde flau. Voller Wut zerrte das riesige Tier an der Leine. Bald schon mussten sie eine weitere Leine zur ersten hinzuspleißen. Eine Pütz Wasser nach der anderen schüttete Hark auf das heiße Tauwerk, das an der Klampe entlangscheuerte. Dampf stieg auf. Doch der Wal ermüdete nicht einen Deut. Bei der dritten Walleine, die sie hinzuspleißen wollten, geschah es. Harks rechtes Bein verfing sich in der Leine. Sie riss ihn auf der Stelle über Bord, noch bevor er kapierte, was geschehen war. Er tauchte ins eisige Wasser der Baffinbai ab - nicht einmal Luft holen konnte er - und folgte dem unglückseligen Wal in die Tiefe nach. Es wurde stockfinster um ihn herum. Fadenlänge um Fadenlänge schoss er abwärts, minutenlang. Wasser drang in seine Ohren, die Nase und den Mund. Mit beiden Händen versuchte er vergebens, das von der Leine umschlungene und jetzt schmerzende Bein zu befreien, doch der Zug war zu stramm. Die Luft wurde knapp und die Sinne schwanden rasch. Viel zu schnell, um noch ein letztes Gebet gen Himmel zu senden.

Wundersamerweise ließ die Spannung der Leine kurz darauf nach. Sie war zwar noch um sein Bein geschlungen, doch der Schmerz verschwand und er sank jetzt langsamer in Richtung Meeresboden. Wärme breitete sich in ihm aus, obwohl er wusste, dass er längst eine oder zwei Meilen von der Meeresoberfläche entfernt und vollkommen hilflos durch das Wasser trieb. Die anfängliche Angst und Panik flauten ab - ein untrügliches Zeichen für den nahen Tod. Unter ihm wurde es merkwürdigerweise heller. Er steuerte auf eine Lichtquelle zu, die stetig größer wurde.

Eine Kiste stand auf dem Meeresboden. Ein klares goldenes Licht strahlte von ihr ab und beschien den Grund aus Sand, grünen Steinen und leblosen Muschelschalen in einem weiten Umkreis. Hark sank jetzt immer gemächlicher hinab, die Zeit schien sich zu verlangsamen, bis er nur noch ein oder zwei Meter von der Kiste entfernt mit dem Kopf nach unten reglos schwebte. Direkt über ihm herrschte die trübe und unendliche Finsternis der tiefen See, in die kein Strahl der Sonne mehr hinabreichte. Die Fangleine verschwand in dieser Dunkelheit, sie hielt ihn noch immer umschlungen.

Er richtete den Blick wieder zum Meeresgrund. Unzählige Saphire, Diamanten und andere fremdartige Edelsteine verzierten diese Truhe, die ansonsten aus purem Gold bestand. Auf ihr saß ein Mann, den er erst jetzt wahrnahm. Offensichtlich handelte es sich um einen Kameraden, einen Seemann, denn auf dem Kopf trug er einen dunkelgrauen Südwester aus glänzendem Öltuch. Von diesem Hut stand, verfilzten Haaren gleich, ein ganzer Busch aus braunem Seetang ab, was sein Haupt riesenhaft wirken ließ. Der Tang schwebte im wechselnden Rhythmus der hin und her tanzenden Strömung wie dünne Fangarme. Der Mann sah Hark an, seine Augen waren groß und vollkommen weiß, Pupillen konnte er keine ausmachen. Die Haut an den Wangen spiegelte das goldene Licht der Truhe und schien aus einem seifenartigen Wachs zu bestehen. Zwei oder drei größere Fetzen hatten sich vom Knochen gelöst und hingen herab. Sowohl die Nase als auch die Lippen waren von irgendwelchem Getier zerfressen worden, sodass Hark seine blanken Zähne sehen konnte.

Der seltsame Mann grinste ihn an. Er hielt ein Papier in der Hand, es war eine Musterrolle, und Hark konnte die Namen von allen Seeleuten deutlich lesen, so scharf und penibel waren sie in Schönschrift erfasst. Ganz unten las er seinen eigenen Namen – Hark Martensen. Die anderen auf der Liste waren bereits durchgestrichen, seiner jedoch nicht. Der Mann holte eine Schreibfeder hervor und setzte sie jetzt am ersten Buchstaben seines Namens an.

Hark erschrak, als der Mann ihn unvermittelt ansprach. Seine Stimme war tief und rau, sie hallte über den Meeresboden, als befänden sie sich im großen Saal von Walhall. »*Gud Dai*, Hark Martensen«, sagte der Mann und lächelte weiter. »Herzlich willkommen in meinem Reich. Ich bin Davy Jones, aber bestimmt weißt du das längst. Soweit ich gehört habe, gibt es keinen einzigen Seemann auf der Welt, der mich nicht kennt. Angeblich fürchtet ihr mich sogar.«

Ja, selbstverständlich wusste jeder Seemann, wer Davy Jones war. Man nannte ihn schlicht den Teufel des Meeres. Er geleitete die Seelen aller auf See Ertrunkenen zu ihrer letzten Ruhestätte, dem nassen Grab. Also war jetzt er selbst – Hark – an der Reihe. Sein Leben war vorbei, er war tot.

Somit lohnte es sich auch nicht mehr, Angst zu haben. Wovor denn? Doch es gelang ihm nicht. Er sah sich um und suchte nach den Seelen seiner ertrunkenen Kameraden. Dort würde dann auch er die letzte Ruhestätte finden. Die goldene Truhe beschien den Meeresgrund mit ihrem warmen Licht. Überall wuchsen Tausende dünne grüne Fäden senkrecht aus dem Boden und wanden sich in die Höhe. Weiter oben verloren sie sich im endlosen Schwarz. Mit der Strömung gleichlaufend schwankte dieser Chor aus garnartigen Algen langsam und bedürfnislos hin und her. Zu Füßen der merkwürdigen Fäden ruhten zahllose Gebeine, die im Sand lagen oder aus ihm herausragten. Verstreute und unbestimmbare Knochen, aber auch ganze Brustkörbe und Schädel fristeten dort ihr letztes Dasein.

»Deine Zeit ist jetzt abgelaufen, Hark Martensen. Aber mach dir nichts draus. Es ist recht kommod hier unten in meinem Reich«, sagte Davy Jones und wies mit einer ausladenden Bewegung auf die Fäden und die Gebeine im Sand. »Sieh die erfreulichen Seiten: Du wirst nie wieder Schmerzen erleiden müssen, nichts und niemand wird dir Sorgen bereiten. Keinerlei Bedürfnisse werden dich mehr zu diesem unsinnigen Streben der Lebenden verleiten. Doch bevor du dir gleich den Platz für deine letzte Ruhestätte aussuchen darfst, gib mir all die Schätze, die du mit dir führst, denn du wirst sie in meiner Welt nicht mehr benötigen. Ich lege sie dann zu all den anderen Kostbarkeiten, die mir deine Kameraden überlassen haben, in meine Truhe. So will es der Brauch.«

Unfähig, sich gegen den Willen dieses Teufels zu wehren, griff Hark bereitwillig an seinen Hals und suchte nach der Kette mit dem silbernen Medaillon, in dem das Bild von Etje, seiner Verlobten, eingeschlossen war. »Mehr Geschmeide habe ich nicht bei mir«, sagte er und reichte Davy Jones das Medaillon. »Es ist zugleich das Wertvollste, was ich besitze.«

Davy Jones lachte und riss ihm das Medaillon geradewegs aus den Fingern, dann klappte er es auf. Er betrachtete das Bild von Etje und verstummte. Wie versteinert saß er auf seiner mächtigen Truhe und regte sich nicht mehr. Er starrte unentwegt auf das Antlitz von Harks Verlobter. Er schien in Schwermut erstarrt zu sein, was Hark Zeit zum Nachdenken gab. Solange Davy Jones ihn nicht mit seinen durchdringenden weißen Augen ansah, fiel der lähmende Schleier von ihm ab und der Geist übte keine Macht mehr über ihn aus. Er musste das Medaillon um jeden Preis wieder zurückerobern, denn wenn Davy Jones schon seine Seele an sich riss, durfte er nicht auch noch das Bild von Etje haben!

Hark gewann die Kontrolle über seinen Körper zurück und schoss mit zwei Schwimmzügen nach vorne, direkt auf Davy Jones zu. Doch er verfehlte die Kette. Die Gesetze der Bewegungen im Wasser sind nun einmal andere als an der Luft. Er schwebte am Ziel vorbei und stieß mit seiner ausgestreckten Hand stattdessen an Davy Jones' kalten, starren Körper. Blind griff er zu und riss ihm dabei ein Stück Stoff vom Hals. Es war ein rotes Tuch.

»He, du Galgenvogel! Du wagst es, Hand an Davy Jones zu legen? Gib mir das Halstuch sofort wieder zurück!«, schrie er. Seine tentakelartigen Haare gerieten in eine hektische Schwingung, und er streckte seine Arme nach Hark aus.

»Was liegt dir denn so an dem Fetzen, dass du derart zornig wirst?«, fragte Hark. Aus sicherer Distanz schwenkte er das Tuch im Wasser hin und her. Davy Jones hielt in seiner Bewegung inne. Er schien an dem Stoff zu hängen. »Du wirst es nur im Austausch mit meinem Medaillon zurückbekommen.«

Davy Jones betrachtete abwechselnd Etjes Bild in seiner und das rote Tuch in Harks Hand. »Es stammt von einer allerliebsten Deern. Sie selbst hat es mir um den Hals gebunden, als Zeichen ihrer Liebe für mich. Und ich habe ihr den Schwur geleistet, dass ich es ihr wieder zurückbringe, sobald ich mit heiler Haut von meiner Reise auf See heimkehre. Wie du siehst, ist nichts daraus geworden. Ein Fluch hat mich hier unten festgesetzt, und ich sitze nunmehr seit Hunderten von Jahren auf dem Meeresgrund und komme nie wieder zu ihr zurück.«

Hark nutzte die Gelegenheit, dass Davy Jones ihm gerade nicht in die Augen sah. Er starrte immer noch abwechselnd auf das rote Tuch und das Bild von Etje. »Ich könnte das Tuch in deinem Namen an die Deern zurückgeben. Aber nur, wenn du mich freilässt und mir das Leben zurückgibst.«

»Deine Braut gleicht der meinigen, als wären sie ein und dieselbe«, sagte Davy Jones leise, bevor er wieder in Schwermut versank und schwieg.

»Wer weiß«, unterbrach Hark die Stille. »Vielleicht lebt sie ja noch und wartet seit Jahr und Tag auf deine Rückkehr. Lass mich gehen, und ich werde nicht eher ruhen, bis ich sie für dich gefunden habe, egal, in welchen Breiten sie steckt. Als Seemann, das weißt du genau, komme ich überall herum und kenne jeden Winkel dieser Erde.«

Davy Jones rührte sich eine ganze Weile nicht, doch dann klappte er das Medaillon zu und fesselte Hark wieder mit seinen Augen. Hark erstarrte aufs Neue. »Deine List durchschaue ich sehr wohl, Hark Martensen. Ich bin nicht dumm. Meine Deern hat die Welt der Lebenden längst verlassen. Sie wartet nicht mehr auf mich, denn so alt kann kein Mensch werden. Doch ich muss zugeben, dass ich deinen großen Mut bewundere. Niemand von deiner Sorte hat es bislang gewagt, sich mir zu widersetzen.« Davy Jones schwieg. Die Tentakel auf seinem Kopf schwangen langsam aus und schwebten schließlich reglos im Wasser. Dann erst fuhr er fort: »Und jetzt höre meinen Entschluss. Hier, nimm deinen Schatz wieder an dich und behalte auch das Halstuch. Kehre dorthin zurück, wo du hergekommen bist, und binde es deiner Braut um den Hals, als Zeichen deiner wohlbehaltenen Heimkehr. Auf diese Weise kann ich wenigstens einen kleinen Teil meines Schwurs einlösen, denn Davy Jones steht immer und ewig zu seinem Wort.« Und so reichte er Hark das Medaillon wieder zurück.

Als Hark erwachte, lag er benommen in seiner Koje auf der *Drie Süsters*. Alle Glieder schmerzten fürchterlich, sodass er es kaum wagte, sich zu rühren. Später öffnete er die Augen, und da stürmten die Kameraden mit zufriedenen und glücklichen Gesichtern an sein Krankenlager. Sie berichteten ihm in knappen Sätzen, dass der Wal durch sein wütendes Reißen die von ihm geschleuderte Harpune kurz nach dem Abtauchen abgeschüttelt hatte. Die Wurfleine war somit wieder frei, und sie konnten ihn daran aus der Tiefe zurück an die Oberfläche ziehen und in die Schaluppe hieven. Vier Tage und drei Nächte lang hatte er besinnungslos darniedergelegen. Der Wal war unterdessen entwischt.

Und so traten sie die Heimreise an, ohne auch nur einen einzigen Wal gefangen und geflenst zu haben, nur ein paar armselige Robben brachten sie nach Hause. Es sollte Harks letzte Walfangfahrt gewesen sein.

Den unterdessen kalt gewordenen Teepott hielt ich mit beiden Händen fest umklammert. »Hinkst du deshalb heute noch, Großvater?«, fragte ich, und er nickte nur. Während er die Geschichte erzählte, hatte ich keinen einzigen Schluck getrunken, so gebannt hatte ich ihm zugehört.

Der Sturm draußen legte sich, nur noch ein feines Geniesel wehte an die Fensterscheiben. »Gib es zu, Großvater, das war nur eine Geschichte, die du erfunden hast. Seemannsgarn eben.«

Er erhob sich und ging hinüber zu der alten Kommode, auf der ein Foto von Etje, meiner vor Jahren verstorbenen Großmutter, stand. Er brachte das Foto herüber und reichte es mir.

»Fällt dir was auf?« Ich hatte mir das Schwarz-Weiß-Bild bislang nie genauer betrachtet. Großvater setzte sich wieder zu mir an den Tisch und sah mich mit seinen wässrigen Augen an.

Ein dunkler Stoff war um Etjes Hals gebunden. Könnte rot gewesen sein.

Mit seinen knochigen Fingern löste Großvater das rote Tuch von seinem eigenen Hals. »Seit Etjes Tod trage ich es selbst.« Er legte es auf den Tisch und schob es langsam zu mir hin.

Behutsam strich ich den Stoff mit der Hand glatt. Es war noch erstaunlich gut in Schuss. In einer Ecke hatte jemand ein Monogramm eingestickt. Es war mit einem ebenso roten Garn gefertigt worden wie der Rest des Stoffes, sodass es bei oberflächlicher Betrachtung fast nicht auffiel. Ich las die Initialen. Sie lauteten *DJ*.

autor

D. O. Hasselmann, Jahrgang 1977, braucht Salz auf seiner Haut. Er lebt und schreibt im echten Norden auf der friesischen Insel Föhr und arbeitet als Hautarzt im Saarland. Er liebt das Meer, dessen Gleichgültigkeit und Unbestechlichkeit im Kontrast zum oft vergeblichen menschlichen Streben stehen. Diesem Thema widmet er sich voller Leidenschaft. Für seinen Roman „Im Langboot" gewann er 2020 den 2. Platz des Newcomerpreises von tolino media. Weitere Infos gibt es auf seiner Homepage unter: www.dohasselmann.de

luxemburg: der blitz

VON LISA FESSLER

In der Centralstation

Am Anfang stand der Traum vom Licht in der Nacht. Keine dunklen Straßen mehr, kein Hantieren mit offenem Feuer, Kerzen oder Öllampen. Licht in Sekundenschnelle – gleißendes Licht, das ganze Theatersäle erleuchten konnte. Sonnen in der Finsternis. Volta, Ampère, Ohm, Joule, Faraday, die Erfinder waren schon tot, aber ihre Namen überdauerten. Doch fragte man draußen auf dem Gendarmenmarkt die Leute, wer den elektrischen Strom erfunden hätte, dann sagten sie: Edison und sein Glühlicht, das er unlängst auf der Elektricitaets-Ausstellung in Paris vorgestellt hatte. Die Zeitungen waren voll davon gewesen.

Charly ging an den sechs Kolbendampfmaschinen und zwölf Generatoren vorbei. Die Halle des ersten »Elektricitaets-Kraftwerks« Berlins – so hatte Rathenau in seiner Rede die Centralstation genannt – war um einiges kleiner als die düsteren Fabrikhallen, in denen Charly sonst arbeitete. Zur Einweihung war nur eine ausgewählte Gruppe gekommen, alles Herren in Frack und Zylinder. Die meisten waren Mitglieder der Edison-Gesellschaft, ein

Vertreter der Stadt Berlin und Rathenau natürlich. Emil Moritz Rathenau, der hochgewachsene Mann mit dem dichten schwarzen Backenbart, der die Centralstation hatte bauen lassen.

Der Lärm draußen auf der Markgrafenstraße drang kaum durch die hohen, schmalen Fenster. Es war Samstag, der 15. August 1885. Die Leute arbeiteten noch, Feierabend kam nicht vor sechs. Der Tag war heiß – von wegen Sonnen in der Finsternis, dachte Charly. Draußen brannte die echte Sonne auf Berlin. Hier drin roch es nach Maschinenöl und frisch gemauertem Ziegel, alles war neu und sauber. Noch war es still. Charly schaute zu den Röhren, die von der Decke hinunter zu den Dampfmaschinen führten. Bald würde hier Wasser sieden, Kolben stampfen und sich Schwungräder drehen. Die Rotoren und Magnete in den Generatoren würden Strom erzeugen. Der würde weitergeleitet werden, die Leitungen hoch über die Decke bis zum Königlichen Schauspielhaus am Gendarmenmarkt. Es würde laut sein und heiß. Zum Schutz war zwischen dem Schaltpult und dem Wasserkessel eine gekachelte Wand eingezogen worden.

Da würde Charly gleich stehen. Vierundzwanzig, aus armen Verhältnissen, er hatte die Ausbildung zum Elektriker nur mit der Unterstützung des Pastors machen können. Die hellen Kacheln sahen aus wie die an seinem Ofen daheim, in der winzigen Wohnung am Schlesischen Bahnhof. Aber die hier waren neu und glänzten. Noch ein paar Minuten, dann würde er zum Schaltpult treten, neben die neue Wand mit der hübschen blauen Kachelbordüre oben. Er würde die Dampfmaschinen, eine nach der anderen, hochfahren und zum Laufen bringen.

Charly träumte nicht den Traum vom Licht, hell oder dunkel, das war ihm egal. Aber hier am Pult zu stehen, wenn die feinen Pinkel zurück waren von ihrem Mittagsmahl, das war ein Traum, auf den er lange hingearbeitet hatte. Noch waren die Maschinen vor ihm angehalftert wie schwere, starke Brauereipferde. Und er war es, Carl Friedrich Wilhelm Großmann, der die Schalter umlegte und ihre gewaltige Kraft von der Leine ließ.

Die Brandenburger Allee

Rund um Berolina lag ein schmaler Ring aus Wald, Heide und Moor, keine drei Meilen breit. Die Brandenburger Allee zog sich durch den Tiergarten bis zu dem nebligen Streifen, wo die Bäume im Dampf verschwanden. Hätte sich eine Wanderin aus Berlin hierher verirrt, wäre ihr der Horizont wie eine niedrige weiße Wolkenwand erschienen, ein seltsames Wetterphänomen, das schlimmstenfalls Regen ankündigte. Der Himmel war blassblau und durchlässig, nichts deutete darauf hin, dass die Welt hier zu Ende war.

An diesem lichten Nachmittag stand ich am Rand der Allee unter den Bäumen. Ich bin in Berolina geboren und war schon einige Male tief in den Dampf gereist. Was die Wanderin am Ende der Brandenburger Allee erwartete, wusste ich genau. Doch weitaus mehr interessierte mich gerade, was sich in der entgegengesetzten Richtung am Anfang der Allee abspielte. *Am Tor*, sagten die Leute, auch wenn dort, von hier aus gesehen, kein Tor stand.

Nicht mal eine Pforte gab es – der Platz öffnete sich einfach zum Tiergarten, das Pflaster verengte sich zur Allee.

Dort, am Übergang zwischen Berlin und Berolina, wurde heute unsere Jahresernte verkauft – Johannistag. Selbst von hier konnte ich die aufgestapelten Fässer erkennen. Jedes Fass war mit einem Zentner feinstem, verarbeiteten Kermes gefüllt, ein gutes Dutzend stand zum Verkauf. Zwischen den Bäumen um mich herum wucherte das Knäuelkraut. Überall, wo nur ein bisschen Sonnenlicht den Boden erreichte, fand sich das niedrige Kraut. Und wo Knäuelkraut gedeiht, da lebt der Kermeskäfer, und wo der Käfer ist, kleben Kermesbeeren an den Stängeln und Stielen. Ich nehme an, das ist in allen Welten so. Es braucht Kraut und Käfer, damit Kermes entsteht.

Juli, der Kermesmonat, war schon vorbei, aber immer noch hockten Bauern hier und sammelten ein, was bei der Großen Ernte übrig geblieben war.

Am Himmel schwebte ein gelber Ballon. Ich blinzelte ins Sonnenlicht. Sojus-14, kein Verkehrsballon, sondern Luftüberwachung. Doch das wusste nur ich. Die paar Bauern im Knäuelkraut schauten nicht einmal hoch, obwohl der Ballon weit außerhalb des Liniennetzes flog. Ein bisschen zu weit, viel zu weit. Verdammt, der verantwortliche Offizier musste einen Neuling in den Ballon gesetzt haben. Ich trat einige Schritte hinaus auf die Allee und ließ zu, dass man mich sehen konnte. Jetzt hoben die Bauern doch die Köpfe, ein paar Meter von mir entfernt schoss einer erschrocken hoch.

»General.« Der Mann brachte die Hand zum Gruß an die Stirn. Seine Hosen hatten dunkle Erdflecken an den

Knien, die Hand, mit der er salutierte, war rot. In der anderen hielt er sein Kermesmesser.

Ich winkte ab. »Inkognito«, sagte ich leise, doch schon erhoben sich auch die anderen Bauern. Unmöglich, hier in Uniform nicht aufzufallen.

Zwei Bauern verschwanden unauffällig zwischen den Bäumen. Wahrscheinlich ernteten sie für den Schwarzmarkt in Berlin. Ich ließ sie ziehen. Die Erste Vorsitzende drückte beide Augen zu, wenn es um den Schwarzhandel mit Kermes ging, und sie hatte recht. Solange es einen Schwarzmarkt gab, hatte Kermes noch einen Wert, für den es sich lohnte, kriminell zu werden.

Die Soldatin im Ballon musste mich gesehen haben. In Uniform war ich eine leuchtendrote Gestalt mitten im grünen Knäuel. Dennoch schwebte der Ballon weiter nordwärts. Meine Augen sind durchschnittlich, nichts gegen die Weitsicht der Scharfschützen der Roten Armee. Trotzdem konnte ich auf die Distanz erkennen, wie die Soldatin hektisch an den Seilen zerrte. Der Ballon sackte kurz nach unten, ein Dampfstoß brachte ihn wieder hoch.

Der Bauer neben mir starrte in den Himmel, vielleicht war ihm inzwischen aufgefallen, dass hier eigentlich kein Ballon fliegen sollte.

Doch, »Das ist meine Tochter«, sagte er, und ich schaute ihn mir genauer an. Seine glatte tiefbraune Haut ließ ihn jünger erscheinen, als er war. Einzelne graue Haare zeigten sich in seinen buschigen Augenbrauen. Ich schätzte ihn auf Mitte vierzig, ein junger Vater. Siebenundzwanzig war das Mindestalter für das Ballonautenprogramm, und die Soldatin oben in Sojus-14 musste mindestens Fähnrich sein. Sie trieb immer noch in den Tiergarten, dabei brauchte ich sie dringend am Tor.

Ich holte den Fernsprecher aus der Hosentasche, das messinggelbe Gerät lag warm in meiner Hand. Ich zog die Antenne heraus, und der Bauer trat unwillkürlich einen Schritt zurück. Nur die Rote Armee hatte Fernsprecher, und die Bauern waren abergläubisch, trotz der Aufklärungskampagnen. Wahrscheinlich hielt er das Ding mit der Wählscheibe und der Kupferantenne für eine Waffe. Als ob ich den Ballon runterschießen wollte. Bauern. Insgeheim verdrehte ich die Augen. Wenn eine wusste, was ein Ballon samt ausgebildeter Ballonautin wert war, dann ich.

»Ich rufe sie nur an.« Ich wählte, S-O-J-U-S-1-4, ein priorisierter Militärkanal. Dampf bildete sich um die Antenne, und den Dampf, den kannte der Bauer. Er kam wieder näher, und ich hielt den Fernsprecher ein wenig weg von meinem Ohr, damit er die Stimme seiner Tochter hören konnte.

Kurz knisterte es im Dampf. »Leutnant Zetkin«, meldete sie sich, und der Bauer schaute von dem Fernsprecher hoch zu meinem Gesicht, dann höher zum Ballon. Ich grinste. Zetkin war mir kein unbekannter Name. Hatte nicht ein Zetkin vor Jahren die Kermes-LPG geleitet?

»Luxemburg hier«, sagte ich und konnte direkt spüren, wie Zetkin im Ballon Haltung annahm. »Wohin fährst du denn, Leutnant?«

»General.« Sie brachte vor lauter Ehrfurcht nur ein Flüstern zustanden. Ich hasse das.

»Inkognito«, sagte ich noch einmal. »Aber ich brauche Luftunterstützung am Tor.«

Leutnant Zetkin riss sich zusammen und schilderte mir über Fernsprecher ihr Problem. Es war in zwei Minuten gelöst. Zetkin füllte Wasser statt Lenkstoff nach, ein alter Trick, wenn man dem Wasser ein paar Prisen Kermes beimischte. Keine Ahnung, warum der verantwortliche Offizier sie mit einem halbleeren Tank hatte abfahren lassen. Schlamperei im besten Fall, aber ich vermutete Sabotage. Die Erste Vorsitzende hätte gesagt, Luxemburg, du vermutest überall Spionage. Aber ich wusste, dass ich recht hatte. Der Ballon stieg abrupt, als neuer Dampf die gelbe Hülle füllte, er drehte sich einmal um die eigene Achse und richtete sich neu aus, zurück Richtung Stadt.

Der Bauern neben mir atmete auf. »Klara ist eine gute Tochter«, sagte er.

Ich nickte. Leutnant Zetkin hatte sicher eine formidable Karriere hingelegt, sonst säße sie heute nicht im Ballon der Luftüberwachung. »Weitermachen«, sagte ich, und er salutierte noch einmal und hockte sich wieder ins Knäuelkraut. Das Kermesmesser blitzte im Sonnenlicht.

Sojus-14 schwebte gemächlich auf den kleinen Platz mit den Kermesfässern zu, da, wo die Brandenburger Allee begann. Ich trat zurück unter die Bäume und machte mich auch auf Richtung Am Tor. Es war ruhig im Tiergarten, Insektensummen und die Stimmen der Bauern, die hinter mir verklangen. Mal knackte Holz, aber die Blätter in den Bäumen rauschten nicht. Nur die Luft flimmerte heiß. Welcher Wind, fragte ich mich, hatte Sojus-14 Richtung Nord-Nordwest über die Jungfernheide getrieben, und dahinter nur der Dampf. Ich lief schneller auf dem Kiesweg.

Engels stand am Tor und schacherte mit dem langen Kerl, den der Mantelkönig geschickt hatte. Keine Ahnung, warum Engels hier war, die Kermes-Verhandlungen führten sonst die Leute von der LPG. Die waren auch da, Rodjonova und der alte Uritzki, der eine Mappe mit Papieren bei sich trug, Ertragslisten und Verträge, vermutete ich. Aber sie hielten sich zurück und mischten sich nicht ein, wenn die Tochter der Ersten Vorsitzenden ans Tor gekommen war.

Ein bisschen stolz war ich schon auf sie: Frederika Engels, keine fünfundzwanzig und schon Hauptmann in der Roten Armee. Sie trug Standarduniform, schwarzer Gürtel, keine Orden, nur Schulterklappen wiesen darauf hin, dass sie kein normaler Soldat war. Die Farbe ihrer Uniform strahlte im weichen Sommerlicht – scharlachrot, elegant. Tödlich hätten manche gesagt. Ich nicht, denn die Aufgaben der Roten Armee waren rein defensiv. Defensiv gegen das große Berlin, das wuchs und wuchs und immer lauter wurde. Vielleicht war Engels deshalb gekommen, eine militärische Präsenz bei den Verhandlungen, nicht zufällig in Uniform. Denn darum ging es. Um dieses strahlend rote Tuch.

Berolina lebte vom Handel mit teurem Färbestoff. Kermes, Polnischrot, Scarlatto, armenisches Cochenille – es hatte Dutzende von Namen. Wir nannten es Johannisblut. Es war kein Purpur und hatte nichts mit Schnecken zu tun. Und es war einheimisch, wurde direkt in Berolina geerntet und zu Pulver verarbeitet. Niemand musste dafür in die neue Welt segeln und teure Transporte über Venedig bezahlen. Doch das südamerikanische Karmin war billiger, und Spanischrot ist, ich gebe es ja zu, noch leuchtender als Johannisblut. Aber unser Rot hatte seinen ganz eigenen Glanz.

Ich ließ nicht zu, dass man mich sehen konnte, und ging an dem Stapel Kermesfässer vorbei. Der Übergang war offen, und so nah an der Grenze konnte ich Berlin sehen – drüben auf dem Pariser Platz war Markt: Weiber brüllten, Pferde wieherten, Kutschenräder kreischten, das übliche Geschrei und Gemenge der großen Stadt.

Ein Schritt über die Grenze und sogar die Luft wurde anders, heißer, rußiger. Es war so laut, dass ich mir am liebsten die Ohren zugehalten hätte. Jetzt erhob sich neben mir das massige Brandenburger Tor. Sechs Säulen breit, darauf die überlebensgroß Geflügelte mit vier Pferden, so leicht, als wolle sie gleich in den Himmel fliegen. Ich hielt mich versteckt im Schatten unter dem Tor.

»Wir verkaufen nicht unter Wert, Loewe. Ihr Chef da hinten weiß genau, warum er unsere rote Farbe will und nicht die der Spanier. Aber lokales Kermes hat seinen Preis.«

Engels war mitten in den Verhandlungen. Dieses Geplänkel gehörte zum Johannistag wie Letscho zur Hackschnitte, und sie war darin mindestens so gut wie Rodjonova, die derzeit das Kermeskollektiv leitete. *Der Chef* – das war der Herr Kommerzienrat Manheimer, allerorts als der Berliner Mantelkönig bekannt. Er war einer unserer letzten großen Kunden. Selbst kam er nie zu den Verhandlungen – das Berliner Bürgertum tat sein Bestes, Berolina totzuschweigen – und deshalb wunderte es mich nicht, dass Adrien Loewe, des Mantelkönigs Schwiegersohn in spe, hier am Tor war.

Aber *da hinten* hatte Engels gesagt, und als ich den Blick über das Chaos aus Marktständen, Menschen und Kutschen schweifen ließ, entdeckte ich ihn: Gekleidet in einen Sommermantel im dunklen Berliner Blau, eine schlanke Zigarre zwischen den Fingern, den Zylinder beiläufig auf dem Kutschbock platziert, stand er da. Er war persönlich gekommen; das nun wunderte mich.

»24 Goldmark für das Kilo und keinen Pfennig mehr«, sagte Loewe.

Ich war noch so mit dem Mantelkönig beschäftigt, dass ich das Angebot erst richtig verstand, als Engels abfällig knurrte. 24 Mark für das Kilo hieß 1200 Mark für das Fass, und das war so unverschämt wenig, dass ich mich fast gezeigt hätte. Rodjonova warf die Arme in die Luft, während Uritzki vor Wut seine Papiere umklammerte. Aus dem Augenwinkel sah ich, dass Sojus-14 den Rand des Tiergartens erreicht hatte. Leutnant Zetkin ließ den Ballon unauffällig in der Luft schweben.

»Das ist ein Drittel weniger als letztes Jahr«, zischte Engels. »Was soll das, Adrien? Du weißt genau, der Kermes ist mehr als das Doppelte wert.«

Adrien. Erst jetzt fiel mir auf, wie nah die zwei beieinanderstanden. Loewe hätte Engels das Messer aus dem Gürtel ziehen können. Wenn sie es zugelassen hätte. So nah kam sonst niemand an sie heran. Was hieß: Sie kannten sich. Intim. Hoffentlich hatten die Leute von der LPG das nicht mitgekriegt. Ich war stolz auf Engels, aber sie war ein Wildfang und trieb sich viel zu oft in Berlin herum. Dieser blonde Lulatsch war genau ihr Typ.

»Die Ernte dieses Jahr war spektakulär. Es gab Massen von Käfern überall da bei euch.« Nur beim Nägelfeilen hätte Loewe gelangweilter klingen können. »Und«, jetzt kam Leben in ihn, »in der Färberei setzen wir inzwischen künstliche Farbstoffe ein. Bismarckbraun für Leder, Fuchsin für Wolle.«

Engels zuckte mit den Schultern. »Dein Chef wäre nicht hier, wenn er nicht echten Kermes für seine Mäntel bräuchte. Mach mir ein Angebot, über das ich ernsthaft nachdenken kann.«

Als Kleinkind hatte sie auf meinen Knien gesessen, ich hatte sie gekannt, als sie noch Freddie hieß, ein Spitzname, den sie schon mit neun abgelehnt hatte. Ich kannte sie, als wäre sie meine Tochter. Ansonsten hätte ich ihr die Nonchalance sicher abgenommen.

Denn Loewe hatte recht. Meine Spione hatten mir von den Experimenten mit einem neuen Färbemittel berichtet, das in Laboren hergestellt wurde: Victoriarot nannten sie es. Auf Wolle und Loden brachte es noch keine befriedigenden Ergebnisse, aber das war nur eine Frage der Zeit. Noch wenige Jahre, schätzte ich, und unser Rot würde wertlos sein. Der grüne Streifen konnte keine Stadt wie Berolina ernähren, wir brauchten Nahrungsmittel, wir brauchten Valuta für den Handel mit Berlin. Einen anderen Rohstoff besaß Berolina nicht, und auch wenn unsere Technologie der von Berlin weit voraus war, funktionierte alles nur mit Dampf. Ja, ich schaute pessimistisch in die Zukunft.

»Die gesamte Ernte für dreißigtausend.« Loewe deutete in Richtung der Fässer.

Das waren mehr als ... Ich überschlug die Zahlen im Kopf, mehr als 46 Mark das Kilo, aber Loewe fuhr fort, während ich noch überlegte, warum er so viel höher bot: »Und ich meine die *gesamte* Ernte.«

Und das meinte *ich,* wenn ich von Spionage sprach. Ich schaute zum Mantelkönig, der näher geschlendert war, sodass er den Austausch zweifelsohne mitbekam. Er lächelte auf die Art, die man landläufig als *fein* bezeichnete. *Gerissen* würde ich es nennen. Das Ganze war ein abgekartetes Spiel, wahrscheinlich spekulierte er darauf, dass Loewe seine Liebelei mit Engels für das Geschäft ausnutzte. Natürlich waren die dreizehn Fässer nicht die gesamte Ernte, aber sie hatten keine Ahnung, wo unsere übrigen Kermesbestände lagerten. Nicht mal die Erste Vorsitzende wusste das, Engels gleich zweimal nicht.

»Das ist die gesamte Ernte.« Wieder das nonchalante Schulterzucken, aber jetzt war es sehr viel schwieriger zu erkennen, dass Engels log. Sie war sehr gut, zu gut. Wenn diese Verhandlungen vorüber waren, gab sie Loewe hoffentlich den Laufpass und legte sich einen intelligenteren Liebhaber aus Berolina zu.

Engels war auf etwas hinter mir auf dem Pariser Platz fokussiert, und fast hätte ich mich umgedreht, da merkte ich, dass ihr Blick auf mich gerichtet war. *Genau* auf mich. Ich hob mir instinktiv die Hand vor Augen, aber der Schimmer hielt: Das Licht floss widerstandslos durch meinen Körper. Nur eine sehr begabte Seherin konnte mich erkennen, wenn ich unsichtbar war. Und Engels hatte bisher nie Talent fürs Hellsehen gezeigt.

»Das sind was? Zwölf, dreizehn Fässer?« Loewe deutete mit dem Kinn auf den Stapel. »Es sollte mindestens das Doppelte sein. Wir wissen aus sicherer Quelle, dass die Ernte dieses Jahr sogar noch ertragreicher war als letztes Jahr.«

Diese verdammte Quelle war sehr genau informiert. Jemand aus der LPG, jemand nahe dran an Rodjonova. Nicht Rodjonova selbst, ich vertraute ihr. Sie war die zweite Kraft hinter dem geheimen Ballonautenprogramm und hasste Berlin noch mehr als ich.

»Wenn die Konkurrenz stark ist, sinkt der Preis. Wenn die Nachfrage gering ist, sinkt der Preis. Wenn Überschuss produziert wird, sinkt der Preis. Das ist einfach Ökonomie.« Er war nicht ganz dumm, dieser Adrien. »Du musst mir schon ein bisschen entgegenkommen.«

»Wenn ich mich auf dreißigtausend einlasse, kann ich dir den Kermes gleich schenken. Uritzki«, Engels winkte den Alten herbei, »wie hoch war der Preis im letzten Jahr?«

Uritzki stellte sich neben sie. »34.200 Mark.« Er hielt den aufgefalteten Vertrag in der Hand, übergroß und aus Pergament. Das Siegel Berolinas, mit Kermes scharlachrot eingefärbt, prangte neben dem Siegel des Mantelkönigs.

»34.200 für wie viel? Das ist doch die Frage.« Loewe klang schärfer, die Ungeduld war ihm anzumerken. Ich nahm an, er hatte etwas gutzumachen, damit der Mantelkönig ihn überhaupt noch als Schwiegersohn in Erwägung zog.

»19 Zentner Färbestoff«, sagte Uritzki. »Und vier Fässer in Essig eingelegte Kermeslaus.«

»Und wie viel Zentner bietet ihr uns dieses Jahr an? Die gesamte Jahresernte, nicht nur die paar Fässer, die ihr uns hier als Appetithappen hingestellt habt.«

»Ich weiß nicht, warum du denkst, wir würden Kermes zurückhalten. Wir verkaufen nie die ganze Ernte.« Engels strich die Schöße ihrer Uniform glatt, nicht dass sie abgestanden wären. Die Geste betonte einzig und allein das Rot. Dabei schaute sie wieder unauffällig in meine Richtung.

»Ihr produziert weit mehr Kermes, als ihr selbst braucht, und ich kann ja keinen Preis ...«

»Vierzigtausend für die gesamte Ernte«, sagte da der Mantelkönig. Er ging auf die siebzig zu, doch seine Stimme war fest und klar wie die eines jungen Mannes. »Frau Rodjonova«, er trat über den Grenzstreifen, etwas, das nur wenige Berliner wagten, »ich weiß die Qualität Ihrer Ware zu schätzen. Und ich bin bereit, einen guten Preis dafür zu zahlen. Vierzigtausend. Das ist ein faires Angebot.«

Die Grenze

Die Übergänge zwischen Berolina und Berlin lagen immer an Straßen oder Wasserwegen, und die Grenze sah überall anders aus. Drüben standen Tore an den Übergängen, die alten Stadttore Berlins. Von uns aus war die Grenze manchmal mit einem Gatter, manchmal mit einem Wachhaus, aber immer mit Schutzvorrichtungen gesichert, die wir bei einem Angriff in Sekundenschnelle schließen konnten.

Für den Johannistag war der Übergang am Tor geöffnet, nur deshalb konnten auch die Berliner die Metallschiene sehen, die die Grenze zwischen den Welten markierte. Sie war fest im Boden verankert und verlief entlang der gesamten Breite des Brandenburger Tors.

Engels und Loewe ließen sich nicht anmerken, wie sauer sie waren, dass die Alten die Verhandlung übernommen hatten. Doch die Blicke, die sie sich zuwarfen, sprachen Bände. Dabei standen sie nebeneinander, nur die Grenze zwischen ihnen, auf die Loewe immer wieder hinunterblickte, um ihr ja nicht zu nahe zu kommen.

Rodjonova verhandelte in einem leichten Plauderton. Vierzigtausend war wirklich ein gutes Angebot, weniger als letztes Jahr, aber viel mehr, als wir erwartet hatten. Inzwischen waren einige Ballen Tuch vom Mantelkönig dazugekommen und noch ein paar Fässer Rohkermes von uns. Wahrscheinlich merkte nur ich, wie Rodjonova im Gespräch immer wieder Dinge anschnitt, die den Mantelkönig um der Höflichkeit willen zwangen, ihr Hinweise auf seine sichere Quelle zu geben.

Als er zum dritten Mal nach der Zentnerzahl der vollen Ernte fragte und Rodjonova ihm wieder eine ausweichende Antwort gab, lachte er leise. »Ich kaufe die Katze nicht im Sack. Sie müssen mir schon sagen, für was ich vierzigtausend Mark auf den Tisch legen soll. Geschäft ist Geschäft.«

Ich hätte an seiner Stelle nicht anders gehandelt. Rodjonova hob den Kopf und schaute zu Engels, eine sinnlose Aufforderung, denn Engels wusste nicht, wie groß die Ernte war. Aber Rodjonova ahnte nicht, dass auch ich mich hier am Tor befand.

Engels drehte sich beiläufig um. Für alle anderen musste es aussehen, als werfe sie einen Blick auf den

Pariser Platz, wozu auch immer. In Wirklichkeit schaute sie direkt auf die Säule des Brandenburger Tors, an der ich lehnte. *Jetzt wäre ein guter Moment, um aufzutauchen, General,* hörte ich ihre Stimme in meinem Kopf. Verdammt, sie war wirklich gut geworden. Es war Jahre her, seit ich das Stillsprechen mit ihr trainiert hatte.

Ich nickte, es war an der Zeit. Als ich den Schimmer fallen ließ und mich zeigte, vertraute ich völlig auf Engels' Talent. Sie hob kurz ihre Hand, und etwas bewegte sich, eiskalter Dampf traf auf sonnengewärmte Luft, und ...

»General.« Engels salutierte, als wäre es das Normalste der Welt, dass der zweitmächtigste Mensch in Berolina heimlich die Kermesverhandlungen belauscht.

»Was?« Loewe trat vor Schreck ein paar Schritte zurück ins sichere Berlin. Rodjonova würde nie Erleichterung zeigen, aber sie erlaubte sich ein Lächeln.

Auch der Mantelkönig zeigte wieder sein feines Lächeln. »General Luxemburg, ich habe mich schon gefragt, wann Sie auftauchen werden.«

»Ich habe auf ein akzeptables Angebot gewar...«

»Was ist denn los in der Stadt?«, fragte da Rodjonova.

Etwas in ihrer Stimme ließ mich aufhorchen. Die Luft um mich herum war wärmer als vorher, trotz Engels' kaltem Dampf.

»Da brennt es!« Uritzki bewegte sich rückwärts, er stolperte, der Vertrag glitt ihm aus der Hand. Kaum berührte das Pergament den Boden, ging es in Flammen auf. »Feuer!«

Engels hob beide Arme, sie drehte die Handflächen nach außen und richtete sie gegen das Tor und mich.

»Geh weg da, General, weg da!« Von ihren Stiefeln stieg Dampf hoch, der sie schon bis zu den Knien umhüllte.

»Was denn?« Ich drehte mich um. Vor dem nächsten Gemüsestand war eine Karre umgekippt, Salatköpfe rollten herum. Ein verdreckter Lausbub schnappte sich ein paar, während das Weib am Stand nach der Polizei brüllte.

»Der Vorhang!«, schrie Rodjonova. »Luxemburg, mach schnell!«

Ich wandte mich zurück zu meiner Welt, tat zwei Schritte nach vorn, über die Grenze.

Sofort war die Hitze unerträglich. Was ich für Dampf an Engels' Füßen gehalten hatte, war Qualm, Qualm, weil es brannte – der Boden, die Sohlen, ihre Stiefel. Ein heißer Wind stürmte hinter mir heran und über mich weg, er hätte mich fast auf den glühenden Boden gedrückt. Er erwischte Engels direkt, sie wurde umgeworfen.

Loewe streckte die Arme nach ihr aus, wollte sie festhalten. »Nein!« Aber er verharrte auf der Berliner Seite der Grenze, der Feigling.

Ich entfernte mich vom Tor und schaute zurück. Nun lag nicht Berlin, sondern mein Berolina vor mir: Die Häuserreihen mit den roten und blauen Dächern, die Ballonstrecke am lindengesäumten Boulevard, vorbei an Universität, Oper und Volkspalast bis zum Alexanderplatz. Dort erhob sich der Fernsehturm mit dem roten Stern auf der silbern glänzenden Kugel. Im Süden, über der Friedrichsstadt, schlugen Flammen in den Himmel. Das war der Ursprung des heißen Windes, dem ein Donnern folgte, laut wie eine heranrollende Feuerwand. Ich starrte noch, ein Brand in den Stallungen vielleicht, aber wie ... Da ebbte der Wind schlagartig ab.

Hinter mir stöhnte Engels. Der Mantelkönig murmelte in einem fort: »Ich weiß nicht, was das ist, ich weiß es nicht ...« Rodjonova führte Uritzki weg, hin zu den Bäumen, wo der Boden hoffentlich nicht brannte. *Noch nicht*, dachte ich, da verdunkelte sich der blaue Himmel von einem Moment zum nächsten gelbgrün. Rußpartikel fielen auf meine Haut, als ein Blitz den Himmel zerriss.

Kein Teil von Berolina wurde nicht von der elektrischen Schockwelle erfasst, vom Zentrum der Stadt strahlte sie hinaus bis in den Dampf. Der Boden bebte und buckelte unter mir. Mit geschlossenen Augen sah ich den gleißenden Blitz, selbst als ich die Augen wieder öffnen konnte, hing das Nachbild immer noch am Himmel. Ich keuchte. Die Luft war heiß und voller Staub.

»Luxemburg«, schrie Rodjonova. »Schnell!«

Über ihr in den Bäumen brannte die gelbe Ballonhülle von Sojus-14. Was von dem Korb übrig war, verglühte in den Ästen. Leutnant Zetkin lag etwas entfernt auf dem Boden, Flammen umloderten sie. Weiter die Brandenburger Allee hinunter lagen noch zwei brennende Körper, es mussten die beiden Bauern sein, die für den Schwarzmarkt geerntet hatten. Ihre Kleider brannten wie Stroh.

Berlin griff uns an, mitten im Frieden, mitten am Johannistag. Der Blitz! Elektricitaet war die Schwachstelle Berolinas, genau wie der Dampf noch das Verderben von Berlin sein würde. Wir waren mit einer Bagdad-Batterie, ach was, von einem ganzen Heer von Batterien attackiert worden. Kein normaler Blitz konnte so eine Kraft entwickeln. Aber sie griffen nicht an den Toren an, sondern in der Friedrichstadt – am Gendarmenmarkt, so wie es aussah. Aber wie, wie waren normale Menschen dort nach Berolina durchgekommen?

Egal, der Vorhang musste runter. Ich stürzte zum Wachhaus, in dem der Mechanismus für die Schutzvorrichtung untergebracht war. Da schrie Engels auf, ich erstarrte auf der Schwelle. *Verdammt.* Nie zeigten wir uns vor Fremden in der Vogelform, und Adrien und der Mantelkönig konnten mich beide sehen. Aber mir blieb keine andere Wahl. Ich verwandelte mich und schwang mich in die Luft. Von den Linden her glühte das Pflaster wie Lava, die Hitze breitete sich schnell aus, kam immer näher, war nur noch ein paar Dutzend Meter von der Grenze entfernt. Die Metallschiene war nie im Dampf gewesen, sie würde schmelzen, sobald die Lava sie erreichte. Und dann würde ich den Übergang nicht mehr schließen können.

Direkt neben Engels ließ ich mich nieder, meine Krallen spürten die Hitze nicht. Eulenkrallen. Sie sind aus einem Material, dem Elektricitaet nichts anhaben kann.

»Tante, hilf mir«, flüsterte Engels. »Ich stecke fest.« Ihr Gesicht war halb Eule, die Augen hellorange und rund, doch Mund und Nase waren Mensch. Sie schlug immer wieder mit dem linken Flügel, dem linken Arm, der in keiner Form bleiben wollte. Blaue Blitze krochen über ihren Körper. Ihre Stiefel waren verkohlt, sie hingen ihr in Fetzen an den Füßen. Ihre rote Uniform glomm. Um sie herum flammten feine Federn auf und schwebten als Asche zu Boden.

Ich legte die Flügel um sie, hob sie hoch und flog los. Sie zuckte zusammen vor Schmerz, doch kein Schrei kam ihr über die Lippen. Ich hatte diese Härte nie gewollt, aber dazu erzogen wir die Soldaten der Roten Armee. Sie war eine der Besten, auch gegen sich selbst. Ihr rechter

Arm war nicht mehr zu retten, ich spürte es durch den Flügel – er war nutzlos, verbrannt. Niemand kann mit solchen Verletzungen die Gestalt wechseln.

Ich landete unter den Bäumen, und Rodjonova nahm mir Engels ab. »Du hast nicht mehr viel Zeit.«

Am Tor kroch die Hitze unentwegt auf die Grenze zu, war aber noch nicht an der Schiene angelangt. *Das reicht mir*, sagte ich ihr in Gedanken und flog gegen den heißen Wind zurück. Auf der Schwelle verwandelte ich mich zurück in Menschengestalt und betrat das Wachhaus. Der Steuermechanismus war denkbar einfach: Ich ballte die Hand zur Faust und knallte sie auf den roten Knopf.

Draußen rasselte es laut und metallisch, dann ein Geräusch wie schnell entweichende Luft aus einem Blasebalg, und der Eiserne Vorhang glitt in die Metallschiene. An allen Toren hatten wir solche Eisenvorhänge installiert. Die Übergänge mussten sich schnell schließen lassen, denn bei Angriffen aus Berlin blieb uns nicht viel Zeit.

Ich trat an die Grenze, wobei ich von einem Fuß auf den anderen wechselte. Das Pflaster war heiß wie Sand in der Wüste zur Mittagszeit. Die sich vom Platz ausbreitende Glut übersprang in diesem Augenblick die Metallschiene, aber nun konnte sie ihr nichts mehr anhaben. Der Eiserne Vorhang am Tor war kunstvoll im Dampf geschmiedet worden. Er war einer der schönsten, ein Artefakt aus dem 18. Jahrhundert, als Berlin zum ersten Mal elektrische Bagdad-Batterien gegen Berolina eingesetzt hatte. Von hier aus war er nicht zu sehen, denn das Tor war zu. Der Eiserne Vorhang war im Brandenburger Tor versteckt, die Geflügelte wachte über ihn. Vielleicht hatte Adrien Loewe drüben für einen Moment die ziselierten Platten gesehen. Dass er die Reliefs der menschengroßen Vögel hatte erkennen können, bezweifelte ich. Der Eiserne Vorhang verschwand innerhalb von Sekunden auch für Berlin im Dampf.

Vom Süden her gellten die Sirenen der Löschballons, der rote Stern am Fernseh-Turm funkte *Fajro* – Feuergefahr. Das Zentralkomitee und die Erste Vorsitzende waren alarmiert.

Ich kehrte zu den Bäumen zurück. Der Bauer aus dem Knäuel kniete neben der Leiche seiner Tochter. Tränen liefen ihm übers Gesicht. Leutnant Zetkin lag tot im Gras, er strich ihr immer wieder die verbrannte Uniform glatt. Niemand wusste, warum wir Vogelwandler der Elektricitaet widerstanden, während so viele andere aus Berolina sofort getötet wurden.

Langsam ging ich auf den Mantelkönig zu, der den Kopf hob und mir entgegenblickte. Die Hitze hatte auch seinen blauen Mantel an einigen Stellen versengt.

»General«, setzte er an, aber ich wollte nicht hören, was er für Ausreden parat hatte.

»Erklär's mir, Manheimer, ganz langsam, denn ich kapier es nicht. Warum zettelt ihr einen neuen Krieg gegen uns an?«

Am Gendarmenmarkt

Charly wischte sich den Schweiß von der Stirn, es war ein warmer Abend und die Hitze der Centralstation steckte ihm noch in den Knochen.

Punkt zwei Uhr hatte er auf Rathenaus Befehl die Maschinenanlage in Betrieb gesetzt. Seither gab es Strom im Königlichen Schauspielhaus. Alles hatte geklappt, keine Lichtschwankungen, keine Erdschlüsse, keine Überlastung der Stromkreise. Charly hatte noch einige Stunden gearbeitet, so lange wie Rathenau, der sich bei Feierabend persönlich von ihm verabschiedet hatte. Bei *Trarbach* hatte Charly sich ein Abendessen gegönnt, mit einem Glas Moselwein – ein seltener Genuss.

Nun ging er die paar Schritte hoch zum Gendarmenmarkt, die Dämmerung setzte ein. Charly war selten hier, sein alltägliches Revier war die Luisenstadt mit den vielen Werkstätten und Fabriken in den Hinterhöfen. Im Schauspielhaus war er noch nie gewesen. Aber er wollte die neue Beleuchtung mit eigenen Augen sehen – zumindest von außen.

An der südöstlichen Ecke des Gendarmenmarkts blieb er kurz unter einer Gaslaterne stehen. Kutschen bogen in die Mohrenstraße ein, immer wieder hielt eine an und entließ fein gekleidete Damen und Herren. Ein Strom Menschen strebte auf den Platz, der Geruch von Maiglöckchenseife und teuren Zigarren lag in der Luft. Er ließ sich mit der Menge vorbei an den Rasenflächen und Springbrunnen treiben. Ein Palast erhob sich vor ihm, die breite Treppe lichtüberflutet und zwischen den hohen Säulen ein elektrisches Gleißen, das ganz anders war, als Charly es sich vorgestellt hatte: gedämpft und warm – das war kein kaltes Licht. Die Türen waren weit geöffnet und erleuchtet, drinnen glitzerten Kronleuchter verheißungsvoll. Wie im Traum stieg er die Treppen hoch und wollte schon durch eine der Türen ins Innere treten. Doch er wurde sanft, aber unmissverständlich zur Seite gedrängt und fand sich am Fuß der Treppen wieder.

Das nächste Mal komm ich im Frack, dachte Charly. *Mit Zylinder und Billett.* Denn dort hoch wollte er, wollte gute Zigarren rauchen, nach feiner Seife riechen, er wollte hinein ins Schauspielhaus. Sein Traum vom Licht war hier. Er warf noch einen Blick auf die Menschen, deren Kleidung im elektrischen Licht festlich glänzte, dann verschwand er in der dunklen Stadt.

autorin

Lisa Feßler hat Liebesromane geschrieben (Sturm der Liebe), sie war Ghostwriterin, sie hat Anthologien herausgegeben; seit zwanzig Jahren schreibt sie englische Fanfiction. Sie hat Micky Spillane ins Deutsche übersetzt und an den aktuellen Editionen der deutschen Herr-der-Ringe-Übersetzungen mitgearbeitet. Die Genreliteratur, das Kino und Geschichte sind ihre Leidenschaft. Sie wurde am 7. Oktober geboren, ein Republikkind sozusagen, aber sie ist schwäbische Wessi, hat Nordamerikastudien studiert und ihren Uniabschluss in den USA gemacht. Vor dem Fall der Mauer war sie nur ein einziges Mal mit der Schule in Ost-Berlin. Heute lebt sie zentral am Rosa Luxemburg-Platz (ein Freund: Für diese Lage würden andere morden). Das Nach-Wende-Berlin ist ihre Wahlheimat geworden. Ihr aktuelles literarisches Projekt ist ein Fantasyroman in einem geteilten Berlin. Die Kurzgeschichte „Luxemburg: Der Blitz" spielt in diesem Universum. www.krimilektorat.de/creative

gold

VON CLAUDIA ZENTGRAF

Hunderte Vögel zwitscherten, aber genauso wie die schreienden Affen und der fiepende Aguti waren sie in dem dichten Blattwerk des brasilianischen Dschungels nicht zu sehen. Ein Eselskarren, auf dessen Kutschbock zwei Männer saßen, zockelte behäbig den schlammigen Weg voran. Der Wagenlenker trug ein schwarzes Gewand und einen breitkrempigen Hut. Der andere war mit einer weit geschnittenen Hose, wie sie Seemännern zu eigen war, bekleidet. Die hochgekrempelten Ärmel seines Baumwollhemdes gaben sonnenverbrannte Unterarme preis.

In der Pfütze vor ihnen spiegelte sich eine kleine Wolke.

Ludwig, der an seiner Seite des Kutschbocks schlaff an der Holzwand lehnte, sah zu, wie Pater Matteo die rechte Leine etwas aufnahm. Prompt zog der Esel nach rechts, so nah an dem Buschwerk vorbei, dass eine herunterhängende Liane über Ludwigs Haare strich. Ein schillernder Käfer ließ sich auf seinem Reisesack nieder. Er krabbelte bis zum Lederriemen und verharrte einen Atemzug, bevor er die Flügel wieder ausbreitete und seine Reise fortsetzte.

Als der Karren die Pfütze passiert hatte, führte Pater Matteo den Esel wieder in die Mitte des Weges zurück.

Ludwigs Oberkörper wogte im Takt des Karrens. Erneut fielen ihm die Augen zu. Die durchzechte Nacht forderte ihren Tribut. Er hörte noch die Räder des Karrens keuchen, dann sank sein Kopf auf die Brust.

»Hoooh. He, ragazzo, du musse hier absteige.«

Ludwig spürte einen Ellenbogen in seiner Seite. Er öffnete die Augen und streckte sich.

Pater Matteo hielt den Karren an. »Das isse colina do papagaio, Papageienhügel«, sagte er. Dafür, dass Pater Matteo vor seiner Ankunft in Südamerika nur zwei Jahre in einer deutschen Abtei gelebt hatte, war sein Deutsch vortrefflich. Er nickte nach links. »Und das isse deine Weg.«

Ludwig schaute zu dem schmalen Pfad, der aussah, als würde sich eine tiefbraune Schlange durch das Unterholz winden.

»Du darfst den Pfad nicht verlasse, hörst du.« Pater Matteo wischte sich mit dem Handrücken über die schweißnasse Stirn.

»Gewiss.« Ludwig packte seinen Leinensack und sprang vom Karren. So ein Hasenfuß. Vermutlich kannte Pater Matteo nur den Weg von Manaus zur Missionsstation und zurück. Was für ein klägliches Leben. »Nun denn, habt Dank für die Fahrt.« Ludwig schulterte den Sack.

»Ecco, der Amazonas isse sehr tückisch. Nischt nur wege der Moskitos oder dem Jaguar. Wenne du inne dem Wald etwas Schlechtes tust, es wird falle auf dich zuruck. Hörst du. Du solltest dein junges Lebe nischt leichtfertig aufs Spiele setze.«

Gerade weil Ludwig erst vierundzwanzig Lenze zählte, durfte er die Gelegenheit, Gold zu entdecken nicht verpassen. Sein Glück zu finden, war ja nichts Schlechtes. »Mit Verlaub, Sie sind doch auch im Regenwald unterwegs.«

»Aber immer aufe die große Pfade, ja. Ein falscher Weg und happ ...«, Pater Matteo machte eine schnappende Handbewegung, »der Dschungel hatte disch verschluckt.«

»Ich gehe auch auf meinem Pfad. Hab den Weg hier drin.« Ludwig tippte an seinen Kopf. Unwillkürlich musste er grinsen. Der alte Tagelöhner Jack hatte gestern in der Schenke - voll wie eine Haubitze – von seinem Goldfund erzählt. Nur eine halbe Tagesetappe von Manaus entfernt sei die Stätte. An einem kleinen Bachbett, höchstens eine Stunde von der Wegkreuzung des Papageienhügels entfernt. Ein Affenschädel hütete jetzt die Stelle, hatte Jack gesagt und sein fünftes Glas Rum mit Schmiss geleert.

»Wie lange bleibste du hier?«, fragte Pater Matteo.

Ludwig sah in den Himmel. Die Sonne kämpfte sich aus einer Schar Wolken frei, ihre Strahlen ließen das Grün der Bäume leuchten. Spätestens in ein, zwei Stunden, wenn die Sonne hinter den Baumkronen verschwand, würde die Farbe wieder verblassen. Ludwig konnte heute zwar nach dem Gold suchen, aber für die Rückkehr reichte es nicht mehr. Um eine Nacht in der Hängematte kam er gewisslich nicht herum. Schließlich sollte sich die Goldsuche lohnen. »Einen Tag.«

»Ische fahre morge Vormittag wieder hier vorbei. Aber nischt nach Manaus, sondern nur bis Santa Lucia«, sagte Pater Matteo.

Nun denn, die Hälfte der Strecke. »Trefflich, ich werde hier sein.«

»Bene.« Pater Matteo lächelte, doch seine Augen wirkten bekümmert. »Schau!« Er deutete auf einen tiefblauen Papagei, der sich in einem Baum herniederließ. »Que bella! Eine Schönheit, nicht wahr?«

Ludwig nickte.

»Also dann – bisse morge.« Pater Matteo nahm die Leinen wieder auf und schnalzte mit der Zunge. Behäbig setzte sich der Esel in Bewegung, der knarzende Karren ruckelte davon.

Ludwig atmete tief durch, dann schlug er festen Schrittes den Schlangenweg ein. Morgen schon würde er ein reicher Bursche sein. Über die Größe seines Fundes hatte Jack nichts erzählt. Aber da er den Rum mit Goldkrümeln beglichen hatte, mochte es nicht wenig gewesen sein. Wenn Ludwig Jacks Stätte und das Gold finden würde, gäbe er es freilich nicht so leichtsinnig für Schnaps aus. Solch Zechgelage verleiteten nur zum freizügigen Plaudern. Und ehe man sich versah, könnte es hier einen Goldrausch wie im fernen Kalifornien geben. Johannes, der Maat auf ihrem Schoner, hatte Ludwig auf hoher See erzählt, dass sein getreuer Bruder dorthin aufgebrochen sei. Seitdem wartete Johannes auf ein Lebenszeichen von ihm. Womöglich verschwendete sein Bruder keinen Gedanken an seine Sippschaft, da er ausgiebig sein Glück und den Reichtum feierte. Doch Johannes hatte ein mulmiges Gefühl beschlichen. Ihm hatte geträumt, sein Bruder sei beim Goldfund in einen Händel geraten und getötet worden. So etwas konnte Ludwig hier wahrlich nicht passieren. Hier gab es zum Glück keinen Goldrausch. Er stieg über eine dicke Wurzel.

Sobald das Gold seine Taschen füllte, würde er den erstbesten Segler zurück nach Hamburg nehmen. Zurück zu seiner lieben Frau. Staunen würde Else. Du meiner Treu, was hatte sie geweint beim Abschied. Aber es war die richtige Entscheidung gewesen, auf den Schoner zu gehen. Welch guter Zufall, dass der Kapitän bei Ludwigs Boxkampf zugeschaut hatte. Ludwig hatte gedacht, der Kapitän wolle ihn nur zum Sieg beglückwünschen. Tatsächlich hatte er noch einen kräftigen Zimmermann wie Ludwig gebraucht. Ein Handschlag und er war angeheuert. Ludwig schob ein Blatt zur Seite, das beinahe so groß wie sein Oberkörper war. Nun konnte sie stolz auf ihn sein. Wie gut, dass er die Stellung als Knecht auf Hansens Hof nicht angenommen hatte.

Aufgeregte Schreie, als hätte ein Dieb zugeschlagen, ertönten im Blätterdach. Ludwig zuckte zusammen. Wie Schatten huschte eine Horde Affen durch die Bäume über ihn hinweg. Auch das würde Ludwig Else erzählen. Vielleicht könnte er ihr ja einen Affen mitbringen. Auf dem Markt gab es prächtige Exemplare zu kaufen. Etwas pikste in seinen Arm. Diese scheußlichen Moskitos! Er klatschte mit der Hand auf seinen Unterarm und rollte im Gehen die Hemdsärmel herunter. Jack hatte gleich zwei geschwollene Moskitostiche auf den Händen gehabt. Eine halbe Stunde hatte er wohl auf dem Pfad bis zur Stätte gebraucht. Weit konnte es also nicht mehr sein.

Einen Steinwurf vom Pfad entfernt hing ein Affenschädel auf einem Stab. Ludwig hielt inne. Das spitze Ende des Stabes schaute aus dem linken Auge des Tieres heraus. Das war die Stätte, die Jack beschrieben hatte! Ludwig hatte sie tatsächlich gefunden. Jetzt gehörte ihm der Platz - und das Gold. Das Hemd klebte an seinem Körper. Er band sein Halstuch ab und fuhr sich damit über das schweißnasse Gesicht. Else hatte ihm das hübsche rote Tuch zum Abschied geschenkt. Ein Erbstück ihres Vaters war es gewesen. Es sollte ihm Glück bringen und dafür sorgen, dass er wohlbehalten zurückkehrte. Kaum hatte er es an Bord des Schoners umgebunden, war die See ruhiger geworden. Einem Mann in Manaus hatte das Tuch so gut gefallen, dass er Ludwig seinen Strohhut zum Tausch angeboten hatte. Aber Ludwig hatte abgelehnt, keine Menschenseele gab ihren Glücksbringer her.

Ludwig steckte das Tuch in die Hosentasche. Wie viel Gold würde er wohl mitnehmen können? Womöglich musste er die Hängematte zurücklassen, damit alles in den Sack passte. Bei allen Teufeln, ein Sack voller Gold! Ludwig stieß einen Freudenschrei aus. Für einen kurzen Moment verstummte das Summen, Zwitschern und Schreien des Urwalds. Nur das Plätschern des Baches war noch zu hören. Jack hatte im Bach ein erfrischendes Bad genommen, bevor er das Gold entdeckte. Einfach aufgepickt hätte er die glitzernden Steinchen. Das Gold. Es musste im Bach liegen.

Ludwig holte eine kleine Machete aus dem Leinensack heraus und bahnte sich einen Weg durch das Blättergewirr, bis er am Ufer stand.

Ein orangefarbener Frosch sprang ins Wasser.

Kleine Fische huschten umher. Matt und unscheinbar lagen die Kieselsteine auf dem Grund. Nirgendwo glänzte etwas. Aber das Gold konnte nur hier liegen. Vermutlich hatte der alte Jack an dieser Stelle schon alles eingesammelt. Oder hatte Jack ihn angeflunkert? Aber wozu diente dann der Affenschädel? Nein, das Gold musste irgendwo im Bach sein.

Rasch zog Ludwig seine Lederschuhe aus und stieg ins Bachbett. Wie herrlich warm das Wasser doch war. Er watete in die Mitte des Bachs und fuhr mit dem Fuß durch die Kiesel. Als sich der Schlamm wieder gesetzt hatte, beugte er sich nach vorne. Zwischen den kleinen Steinchen war kein Gold zu sehen. Er ging ein paar Schritte weiter. Ach, guck! Hatte da eben nicht etwas geblinkert? War das eine Spiegelung des Sonnenstrahls oder konnte es sich um Gold handeln? Ludwig beugte sich so tief, dass sein Gesicht beinahe die Wasseroberfläche berührte. Ein Flusskrebs suchte Schutz unter einem großen Stein.

Tatsächlich. Zwischen zwei Kieseln klemmte ein glimmriges Stückchen. Ludwig hielt den Atem an. Mit zitternder Hand zog er das Klümpchen heraus. Potzblitz! Es war kaum größer als sein Fingernagel, aber es glänzte wie die Sonne. Gold! Ludwig lachte auf. Wo ein Stück war, gab es gewiss noch mehr. Mit fahrigen Händen suchte er den Grund des Bodens ab. Oh, hier, noch ein goldenes Steinchen. Und da auch eins! In Kürze hatte er eine Handvoll Goldklumpen beisammen.

Ludwig zog Elsas rotes Taschentuch aus der Hosentasche und packte die Fundstücke hinein.

Die Sonne war endgültig hinter den Wolken verschwunden und die hereinbrechende Dunkelheit machte eine weitere Suche unmöglich. Nun, morgen war auch noch ein Tag. Ludwig steckte das rote Tuch mit den Goldklümpchen in seine hintere Hosentasche. Er stieg aus dem Wasser, zog einen Schnürsenkel fest und hielt in der Bewegung inne. Die Geräusche des Urwalds waren deutlich leiser geworden. Irgendetwas stimmte nicht. Er schaute hoch. Ein schwerfälliges Flugtier steuerte einen Baum an und ließ sich kopfüber hängen. Eine Fledermaus! Selbst die waren hier riesig. Er wollte sich gerade wieder seinen Schuhen widmen, als sein Blick an einer Stelle bachaufwärts haften blieb.

Eine junge Wilde, nackend bis auf einen Lederfetzen, den sie um die Hüfte gebunden trug, schaute ihn durchdringend an. Ihre Haare glänzten tiefschwarz, blutrote Zeichnungen zierten ihr Gesicht. In der Hand hielt sie einen geflochtenen Korb. Sie erinnerte Ludwig an Caminda aus Macapá, die in einem schmucken Kleid auf dem Markt Früchte verkauft hatte. Drei Tage Aufenthalt, die sich gelohnt hatten. Caminda hatte eine Hitze ausgestrahlt, die er bei Else nie erlebt hatte. Die junge Wilde lächelte ihn an. Ihre langen Beine, die wohlgeformten Brüste und die weich geschwungenen Lippen - Que bella – welch Liebreiz.

Bella nahm den Korb in die andere Hand und drehte sich zum Gehen um. Doch sie verharrte einen Moment und warf einen Blick über die Schulter.

War das eine Einladung, ihr zu folgen? Eine Übernachtung in ihrem Dorf wäre sicherlich gemütlicher, als hier allein in der Hängematte zu liegen. Ludwig schulterte seinen Leinensack und ging zu ihr. Ohne ein Wort zu sagen, setzte sich die Frau in Bewegung. Den Blättern und faserigen Wurzeln in ihrem Korb nach hatte sie wohl Zutaten für eine Suppe gesammelt.

Der Urwald lichtete sich und gab den Blick auf ein Dutzend Lehmhütten frei. Kaum hatte Ludwig die erste Hütte erreicht, rannten Kinder auf ihn zu. Allesamt trugen sie die gleiche topfähnliche Frisur. Immer wieder riefen sie ein und dasselbe Wort. Vermutlich hieß es »Weißer« oder »Fremder«. Ein Wilder kam ihm entgegen. Um den Hals trug er eine Halskette, die Ludwig an die Hauer eines Wildschweins erinnerte. Ein weiterer Wilder mit einer blauen Feder im Haar trat herbei und eine alte Frau mit faltigem Gesicht musterte ihn von oben bis unten. Der Wilde mit den Wildschweinhauern legte Ludwig die Hand auf den Kopf. Mit der anderen tastete er vorsichtig Stirn und Wange ab. Ein seltsames Begrüßungsritual, fürwahr. Ludwig hob gerade die Hände, um es dem Wilden gleichzutun, doch schon zog dieser ihn zum größten Haus des Dorfes.

Vom Strohdach hingen gebündelte Stängel herunter. Waren das etwa Schlangen, die zum Trocknen aushingen? Besser, er machte sich keine Gedanken darüber. Ludwig trat ein.

An den Seiten des Raums baumelten Hängematten. An der kleinen Feuerstelle in der Mitte der Hütte bereiteten zwei Frauen Essen zu. Es roch nach krossem Fleisch und Ludwig verspürte sogleich Hunger. Feiner Rauch stieg nach oben und entwich durch eine Dachöffnung.

Ludwig ließ sich im Schneidersitz auf einer Bastmatte nieder. Im nächsten Augenblick setzte sich Bella zu ihm und reichte ihm ein großes Blatt, auf dem gegrillte Maden lagen. Ludwig hatte Hunger, doch die dicken Dinger sahen wahrlich nicht appetitlich aus. Bella hob ihm eine Made entgegen. Mit einer Pflaume würde er sich gerne von ihr füttern lassen. Sehr gerne sogar. Vorsichtig biss Ludwig in die Made. Der angenehm nussige Geschmack erstaunte ihn. Gleichwohl war er froh, als ihm ein Kind Mais und Fisch reichte.

Inzwischen war die Hütte voller Menschen, und die Plätze in den Hängematten und um das Feuer wurden zunehmend rar. Das Stimmengemurmel verband sich mit dem lautstarken Zirpen der Insekten. Das Feuer knisterte leise, als die alte Frau ein Scheit nachlegte. Ein Armband aus Holzstücken zierte ihr Handgelenk. Anscheinend besaß Gold für die Wilden keinen Wert.

Gerade als Ludwig Bella etwas näher rücken wollte, trat der Wilde mit der blauen Feder im Haar ein und winkte Bella zu sich. Zu ärgerlich.

Bella reichte Blaufeder die Blätter und Wurzeln, wobei sie sich in leisem Ton mit ihm unterhielt. Abwechselnd sahen sie zu Ludwig hin. Schließlich nickte Blaufeder. Bella schenkte Ludwig ein Lächeln. Vermutlich hatte die liebreizende Wilde die Erlaubnis eingeholt, dass er hier übernachten durfte. Sicherlich legte sie sich zu ihm. Ludwigs Herz machte einen Hüpfer.

Mit einer Kelle fischte Bella heiße Steine von der Feuerstelle und legte sie in eine hölzerne Schüssel. Derweil fasste der Hauerketten-Mann nach einer kleinen Trommel und setzte zu einem eintönigen Rhythmus an. Jetzt fügte Blaufeder unter leichtem Gesang die Kräuter dem heißen Wasser hinzu. Die Alte schloss die Augen, hob ihre Arme und murmelte etwas vor sich hin. Eine Handfläche zeigte zur Schüssel, die andere gegen das Strohdach. Offenbar dankte sie ihren Göttern. Oder gab es bei ihnen auch nur einen Gott? Wenn er sich mit ihnen verständigen könnte, würde er so viel mehr von ihnen erfahren. Die Alte atmete tief ein und aus, bevor sie ihre Augen wieder öffnete und die Arme sinken ließ.

Ein würziger Geruch durchzog die Hütte. Die alte Frau ließ sich eine Schale Kräutertee von Bella reichen. Sie füllte eine weitere Schale mit dem Trunk, schon streckte ein junger Wilder die Hand danach aus. Doch Bella wich ihm aus und reichte die Schale stattdessen Ludwig. Nun, das war wahrhaftig Gastfreundschaft.

Meiner Treu, was für ein bitteres Kraut! Ludwig schüttelte es. Sein Blick fiel auf zwei Mädchen, die ihn mit großen Augen beobachteten. Jetzt nur nicht kapitulieren. Ein Schlückchen würde sicherlich noch gehen.

Die Alte hatte ihre Schale bereits vollends geleert. Während sie vor sich hin brabbelte, schweifte ihr Blick durch den Raum und blieb in einer Ecke haften. Blaufeder lauschte aufmerksam ihrem Gefasel.

Die beiden Mädchen hatten ihre Augen nicht von Ludwig gelassen. Nun gut. Frischauf und runter mit dem Gebräu! Beim Teufel noch mal, bitter wie Lebertran war das Zeug. In langen Zügen leerte er die Schale. Die beiden Mädchen steckten ihre Köpfe zusammen und kicherten.

Bella deutete auf eine Hängematte. In der Tat eine gute Idee, es sich dort gemütlich zu machen. Ludwig platzierte den Leinensack unter die Hängematte, zog seine Schuhe und Strümpfe aus und schwang sich hinein.

Noch immer redete die Alte und zeigte hier und dort in den Raum. Vermutlich erzählte sie eine Geschichte.

Ob es bei den Wilden auch Märchen gab? Wie monoton sie doch vortrug. Da war selbst das Knistern des Feuers aufregender.

Ludwig legte sich zurück und beobachtete die Rauchfahne, die stetig nach oben tänzelte und dabei Blüten, Pferdeköpfe oder Fische mit riesigen Zähnen formte, die sich spätestens unter dem Dach wieder ins Nichts auflösten. Er lauschte dem Knistern, der monotonen Stimme und den leisen Trommellauten, schließlich übermannte ihn der Schlaf.

Ludwig erwachte, da seine Blase drückte. Regen prasselte auf das Strohdach. So ein Pech. Aber es half nichts, er musste sich erleichtern. Er setzte sich auf. Im glimmrigen Schein des Lagerfeuers erkannte er vier Körper, die auf den Matten schliefen. Irgendwie schauten sie wie riesige Kokons aus. Ludwig musste kichern. Ob Bella in einer der belegten Hängematten lag, vermochte er nicht zu sagen. Auch die Alte war nicht zu sehen.

Ludwig stieg aus seiner Schlafstätte, tappte bloßfüßig ins Freie und stolperte durch eine Pfütze. Hier draußen sah er fast weniger als drinnen. Der starke Regen verhüllte alle anderen Hütten. Breitbeinig stellte er sich an die Wand der Hütte, da vernahm er von irgendwoher eine Stimme. Vermutlich war es nicht so geschickt, an die Hütte seines Gastgebers zu pinkeln. Besser, er suchte einen Baum auf. Schlaftrunken schlitterte er auf dem matschigen Untergrund um die Hütte herum. Da, die mächtigen Konturen, das mussten Bäume sein. Ludwig löste sich von der Hütte, stolperte über eine Wurzel und landete an einem Baum.

Gerade als er seinen Hosenlatz wieder zuknöpfte, zuckte ein Blitz über den Himmel. Jäh gab der Dschungel eine glutrote Fratze zwischen zwei Mammutbäumen preis. Ludwig schrie auf, stolperte zur Seite, und wie zur Antwort ertönte ein gewaltiger Donner. Noch immer hing das Riesengesicht in der Luft. Das Kinn wurde spitzer, die Augen begannen zu leuchten und aus den Ohren drangen züngelnde Schlangen hervor. Meiner Seel, was war das für ein Teufel? Mühsam, ohne den Blick von der Fratze zu lösen, kam er auf die Knie. Doch kaum hatte er einen Fuß aufgesetzt, landete er wieder auf dem matschigen Boden. Gütiger Gott, bewegte sich der Teufel etwa? Der breite Mund in dem Glutgesicht schien ihm zuzugrinsen.

Hastig krabbelte Ludwig auf allen Vieren voran, seine Hände rutschten über den nassen Boden, die Kleidung klebte ihm am Körper. Noch immer schlug der Regen auf ihn ein. Unter seinen Fingern spürte er die Wurzel, über die er gestolpert war. Rasch weiter. Gleich müsste er bei der Hütte sein. Er tastete mit den Händen über die breiige Erde. Noch eine Wurzel, mit Moos oder Haaren oder so. Etwas streifte sein Gesicht. Fell! Ein Jaguar! Hastig wich er zurück, doch er sah kein Tier und auch sonst nichts.

Ach, sei keine Mimose, Ludwig! Vermutlich hast du nur einen Zweig berührt. Aufgeweichte Blätter bedeckten die Erde, hier könnte er aufstehen. Mühselig rappelte er sich auf die Beine. Er spürte zarte Blüten an seiner Hand. Der Duft von Rosen stieg ihm in die Nase. Rosen? Die gab es auch im Dschungel? Wenn ja, warum hatte er sie vorhin nicht gerochen? War er in die falsche Richtung gekrochen? Da, ein Baum. Und hinter ihm? Eine Liane. Und leuchtend blaue Kugeln! Heilige Mutter Gottes! Ludwig presste sich an den Stamm. Regen rann über sein Gesicht. Mit tiefen Atemzügen versuchte er, sein rasendes Herz zu beruhigen.

Die Kugeln wurden riesig und nahmen Gestalt an. Eine sah aus wie Else, die andere Person ging ihr nur bis zu den Knien. Sein Kind. Noch vor der Geburt war er zu dieser Reise aufgebrochen. Es musste jetzt ein Jahr alt sein. War er tatsächlich schon so lange unterwegs? Die Personen schimmerten wie Aquamarin. Das bildete er sich alles nur ein. Das gestrige Gelage, die beschwerliche Reise ... Oder lag es an dem absonderlichen Gebräu? Ludwig fuhr sich über das nasse Gesicht.

Als er wieder aufsah, waren die Geschöpfe verschwunden, was für ein Glück. Und die Teufelsfratze hatte gewiss nur aus Baumrinde bestanden. Schon in seiner Kindheit hatte er in den Bäumen mystische Figuren erkannt. Ein Baumrinden-Teufelchen. Ludwig gluckste. In welche Richtung sollte er nun gehen? Wo er auch hinschaute, standen Bäume. Wieder entlud sich ein Blitz. Da! War da nicht eine Lichtung? »Gruooommmm!«, schallte der Donner, als würde er es bestätigen. Fein, fein, dann musste es diese Richtung sein. Das reimte sich, und was sich reimte, war gut. Er setzte seinen Weg unter lautem Gelächter fort.

Erste Sonnenstrahlen gaben dem Wald die ersehnte Farbe zurück. Schon lange zuvor hatte das ohrenbetäubende Vogelgezwitscher und das Gekreische der Affen eingesetzt. Das Gewitter war vorüber, nun dampfte der Wald wie in einer Waschküche. Ludwig ließ sich auf einen umgestürzten Baum fallen. Seine Kleider waren nass, die Füße wund und an dem Ellenbogen brannte eine Schramme, die er sich vergangene Nacht zugezogen hatte. Er wollte schlafen, für immer schlafen.

Ein helles Kichern ertönte. Ludwig erschauerte. Sollten die Figuren zurückgekommen sein? Da, es kicherte schon wieder. Direkt über ihm. Unwillkürlich blickte er nach oben. Dort hockte ein Mann und schaute spöttisch auf ihn herab. Er war vollkommen weiß, als wäre er in Mehl gefallen.

Ludwig sprang auf die Füße.

Vom Gesicht her könnte der komische Geselle sein Vater sein. Soweit er sich an ihn erinnerte. Ludwig war sechs Jahre alt gewesen, als er ihn das letzte Mal gesehen hatte. Dieser Tunichtgut war mit einem hergelaufenen Ding durchgebrannt. Vor drei Jahren hatte Ludwigs Nachbar Franz Gries ihm erzählt, dass sein Vater bei einer Handgreiflichkeit gestorben sei. Nun denn, das wäre nicht mehr als rechtens gewesen. Doch womöglich hatte Franz ihm nur einen Bären aufgebunden.

Aua! Eine Nuss hatte ihn getroffen. Warf sein mehlgebleichter Vater etwa nach ihm? Aber wieso sollte er hier im Baum hocken? Am besten, er ließ ihn einfach hinter sich. Ludwig stolperte weiter durch den Dschungel. Auf dem Pfad hätte er bleiben sollen, so wie Pater Matteo ihm geraten hatte. Nun hatte der Dschungel ihn verschluckt. Nie wieder würde er seine Else sehen. Ob sein Kind ein Junge oder ein Mädchen war, würde er nie erfahren. Ludwig wich einer Spinne aus, die sich an ihrem Faden herabseilte. Sein Vater hatte die Familie damals verlassen. Eigentlich war er nicht besser als er. Nein, das stimmte nicht ganz. Er würde zurückehren. Ludwig tastete nach seinem Taschentuch mit den Goldklümpchen. Ja, es war noch da. Welch ein Glück. Wenn er zurück nach Hamburg käme, wäre er ein reicher Mann. Else und er könnten ein gutes Leben führen. Er würde sich liebevoll um sein Kind kümmern.

Eine Stimme ertönte. Nicht schon wieder Geister. Ludwig drehte sich zur Seite. Ach nein, da stand der Hauermann zwischen den hohen Büschen mit den schildförmigen Blättern. Gott sei es gedankt. Offenbar hatte Bella einen Suchtrupp nach ihm ausgesandt.

Blaufeder tauchte neben Hauermann auf. Um seine Hüfte trug er einen Hüftgurt, an dem ein kleiner Kopf hing. Er sah aus wie von einem Affen. Wohl eine Trophäe wie bei den Indianern der Biberschwanz. Die Affen waren schon arme Wesen hier im Dschungel. Blaufeder und Hauermann unterhielten sich, zeigten auf Ludwig und lachten. Gestern hatten sie ihn noch bewirtet, jetzt verspotteten sie ihn.

Aber er hatte sich ja auch wie ein Narr benommen. Ludwig fiel in das Lachen mit ein. Mit Händen und Füßen versuchte er zu erklären, was ihm des Nächtens passiert war. Doch die Wilden gaben ihm nur das Zeichen, ihnen zu folgen. Nun würde alles gut werden. Im Dorf angekommen würde Bella ihn sicherlich zum Bach zurückführen. Von dort fand er zum Papageienhügel und konnte es noch rechtzeitig zum Treffen mit Pater Matteo schaffen. Sobald er in Manaus ankäme, würde er den nächsten Segler nach Hamburg nehmen. Die Mattigkeit und die Schmerzen in seinen Füßen waren verflogen.

Blaufeder lief direkt voran, der Affenschädel an seiner Hüfte schwang mit jedem Schritt hin und her. Wobei er eigentlich gar nicht aussah wie ein Affe, sondern wie ein ... Unmöglich, selbst ein Kind besaß einen größeren Kopf. Aus dem dichten Dschungel drang ein Fauchen, dann ein verzweifeltes Quieken, das in einem schrillen Schrei endete. Womöglich ein Jaguar auf Beutezug. Die Wilden ließen sich davon nicht aus der Ruhe bringen, also blieb auch Ludwig gelassen. Mit einem Mal hielt er inne. Er stand mitten auf einem Weg, der sich wie eine braune Schlange wand. Ludwig lauschte. Wasser gurgelte unweit von ihm. Konnte das der Weg sein, den er gestern gekommen war?

Die Wilden tauchten in das gegenüberliegende Dickicht ein, doch als sie merkten, dass Ludwig ihnen nicht folgte, kamen sie zurück. Sie wechselten schnelle Worte. Hauermann sah ihn mit zusammengekniffenen Augen an. Blaufeder zog ein Messer aus seinem Hüftgurt hervor, dabei drehte sich seine Trophäe. Dieser Mund, die Nase des kleinen Schädels ... niemals war das ein Affe. Deshalb also waren sie so gefällig gewesen. Sie wollten Ludwigs Kopf als ihre Trophäe!

Ludwig schwankte. Er versuchte, gerade zu stehen, doch sein Körper war ausgelaugt und die Mattigkeit lag ihm wie ein Joch auf den Schultern. Er atmete tief durch und zwang sich, seinen Oberkörper gegen das Joch aufzurichten. Zum Papageienhügel konnte es nicht mehr weit sein. Sie würden ihn verfolgen, nicht aber, wenn er einen überraschenden Angriff startete.

Auf dem Schoner hatte er sich als Boxer einen Namen gemacht und so manchen k.o. geschlagen. Noch ehe der Bursche sein Messer heben konnte, hatte er Ludwigs Faust im Gesicht. Und während der Hauermann zu Boden ging, verpasste Ludwig Blaufeder eins aufs Auge.

Hauermann rappelte sich auf. Er wollte ihn packen, doch Ludwig trat ihm mit voller Kraft gegen den Kopf. Er rannte, erst langsam, dann immer schneller. Sein Herz hämmerte, der Urwald flirrte vor seinen Augen. Mit jedem Schritt brannten seine Beinmuskeln. Er warf einen kurzen Blick über die Schulter. Hauermann lag zwischen den Büschen, Blaufeder taumelte mit ausgestreckten Armen über den Pfad wie ein Trunkenbold, der aus der Schenke geflogen war. Ludwig hatte Seitenstechen, doch er hörte nicht auf zu rennen. Weiter, immer weiter. Nur noch wenige Meter, dann hatte die Zivilisation ihn wieder. Und wenn Gott mit ihm war, wäre Pater Matteo sein rettender Engel. Ludwig spürte, wie ihn die Kräfte verließen. Das eine Bein kam nicht mehr richtig mit, sein Oberkörper neigte sich nach vorne, als trüge er ein Fass Rum auf dem Rücken. Ludwig versuchte, sein Gleichmaß zu halten, doch die Schritte wurden kleiner. Da, der Weg wurde breiter und endlich kam die Kreuzung in Sichtweite. Ludwigs Lungen brannten. Noch ein bisschen weiter. Nur noch ein kleines bisschen. Kaum hatte er die Kreuzung erreicht, ließ er sich auf die Knie fallen. Erst jetzt bemerkte er, dass seine Füße bluteten. Er kippte zur Seite. Der Geruch von nasser Erde stieg ihm in die Nase.

»Hatte isch nischt gesagt, dass du auf die Wege bleibe sollst.« Wie aus weiter Ferne hörte er Pater Matteos Stimme. »Komm, raggazzo.«

Ludwig spürte, wie Pater Matteo ihn auf die Ladefläche des Karrens zog. Einen Atemzug später ruckelte der Karren in Richtung Manaus davon. Ludwig sah in den wolkenlosen Himmel, wo ein Schwarm Papageien über sie hinwegflog.

Kraftlos tastete er nach seinem roten, mit Gold gefüllten Halstuch. Seinem Glückbringer. Es war fort.

autorin

Claudia Zentgraf lebt mit ihrer Familie in Heidelberg. Sie liebt es, zu reisen, und so ist es nicht verwunderlich, dass es in ihren Jugendbüchern um Entdeckungsreisen und Abenteuer geht. Bisher sind die beiden historischen Abenteuerromane „Die Entdeckung der Neuen Welt" und „Eine Reise um die Welt" sowie der Kurzroman „Zweifelhafte Aussichten" erschienen.

der letzte stier

VON KIM SKCTT

Der letzte Kampf des Tages. Von draußen dringen die Sprechchöre der Tierrechtler in die Arena. *Stoppt die Folter, stoppt den Mord*, skandieren sie und schwenken ihre Plakate: *Möge der Stier gewinnen.* In den letzten Wochen haben sich die Proteste im Netz zu einer Hetzkampagne gesteigert.

Der Matador wartet in der Mitte des Ruendo. Vor ein paar Tagen schlug ein Stein in das große Salonfenster seines Wohnhauses und landete auf dem Teppich vor dem Kamin, ein Papier darum gewickelt, mit einer Botschaft: *Verrecken sollst du.*

Er ist kein Mörder. Schon der Großvater hat es immer wieder gesagt, der Vater hat es wiederholt, bis der Junge es auswendig mitsprechen konnte: Der Stierkampf ist kein Schlachten, sondern ein ehrlicher Kampf, Mann gegen Stier. Und trotzdem versteht er in einem Winkel seines Herzens die Protestler. Er isst seit Jahren kein Fleisch mehr, es ekelt ihn. Doch da ist die Tradition, das Erbe, weitergegeben von Matador zu Matador, von Großvater zu Vater zu Sohn: der Degen und die Muleta, das rote Tuch. Selbst wenn er wollte, er könnte sie nicht niederlegen, ohne Verrat zu üben an dem, der er ist. Der er sein soll, gemäß dem Willen seiner Vorväter.

Die Sonne brennt, und er wischt sich den Schweiß von der Stirn. Der letzte Kampf des Tages verdient dieselbe Würde wie der erste.

Das Horn ertönt. Er nimmt seinen Platz ein in der Mitte der Arena, fächert die purpurrot-gelbe Capote auf und kniet sich in den brennend heißen Sand des Ruendo, bereit für den letzten Stier.

Er folgt der Tradition und hat sie gleichzeitig längst verraten, in den kleinen Bars am Rande der Stadt.

Erstes Tercio. Der Stier prescht durch die Puerta de Toriles auf den Kampfplatz. Fünf sind bereits vor ihm durch dieses Tor gekommen. Fünf wurden hinausgeschleppt durch die Puerta de Arrastre. Zwischen beiden Toren liegen fünf mal zwanzig Minuten Kampf und Tanz um den Tod. Der Sand des Ruendo ist an manchen Stellen nass und dunkel.

Der Matador empfängt das heranstürmende Tier. Geschmeidig lenkt er es zur Seite und kommt in einem Wirbel von Gelb und Purpur auf die Füße. Sogleich lockt er den Stier erneut mit der Capote, weicht auch diesem Angriff aus.

Der Stier wendet, hält einen Moment inne und bläht die Nüstern. Seine Verwirrung ist verständlich. Bis vor ein paar Tagen hat er sein Leben auf einer grünen Weide verbracht, über sich den freien Himmel und in seinen Ohren vielleicht das Murmeln eines kleinen Baches. Dann kamen ein Transporter, ein dunkler Verschlag, der

Gestank der Stadt und der Arena. Seine Ohren zucken lebhaft unter den Rufen der Menge. *Torro, Torro,* feuern sie ihn an.

Der Matador schwenkt die Capote, und erneut stürmt der Stier auf ihn zu.

Es ist ein schönes Tier, in der Blüte seines Lebens: ein schwarzer Miura-Stier mit schlanker Taille, geschwungener Rückenlinie und ausgeprägter Schulter- und Nackenregion. Auf seinem starken Kopf mit der dunklen Stirnlocke ragen die nach vorne geschwungenen Hörner empor. Er stößt nach dem Tuch, wendet auf kraftvollen Beinen und greift auch ohne Provokation sofort wieder an.

Der Matador weicht in einer Drehung aus, wirbelt die Capote durch die Luft, zitiert den Stier erneut zu sich. Der nächste Angriff - und wieder läuft der Stier ins Leere. Er schnaubt und trabt durch den Ruendo. Die Rufe der Menge schwellen an. Irritiert bleibt er stehen, schüttelt den schweren Nacken und brüllt.

Ein Hornsignal kündigt die Picadores an. Die Banderillos locken den Stier und beschäftigen ihn, bis die Picadores bereit sind. Sobald der Weg frei ist, greift der Stier das Pferd des ersten Reiters an. Er empfängt einen Stoß mit der Lanze, wenige Minuten später den zweiten. Er zögert nie.

Der Matador nickt. Ein guter Gegner.

Das Horn ertönt zum zweiten Tercio. Nur in dieser Phase lenken die Männer in der Arena die Aufmerksamkeit des

Tieres direkt auf sich. Die Banderilleros schwenken ihre Arme und rufen den Stier, reizen ihn zum Angriff. Sie wechseln sich ab. In dem Moment, in dem der Stier an einem von ihnen vorbeistürmt, stechen sie ihm ihre Spieße in den Rücken. Bald ragen vier Banderillas aus seinem Nacken; die bunten Bänder flattern im wilden Galopp, während sein schwarzes Fell durch das herabfließende Blut noch dunkler wird.

Er ist hellwach. Schmerz und Wut treiben ihn an, er bewegt sich voller Kraft. Auch blutig und verklebt vom Staub des Ruendo ist er immer noch wunderschön. So schön wie die Tänzer in den kleinen Bars am Rande der Stadt in ihren schwarzen Anzügen mit den bunten Leibbinden, wenn ihnen der Schweiß an Schläfen und Hals herabrinnt, während ihre Körper sich in Spiralen und Wellen immer wieder umeinander winden.

Doch der Stier bewegt sich schon langsamer als bei seinem Einzug in die Arena. Wenn er sich umwendet, sind seine Tritte weniger geschmeidig. Er senkt den Kopf, um dem Schmerz der Widerhaken auszuweichen, scharrt mit den Hufen und schnauft.

Torro, schreit die Menge.

Torro, flüstert der Matador. Mein ehrenvoller Gegner. Ist es ehrenvoll, einen Gegner zu töten, der in seinem Leben nur einen einzigen Kampf bestreitet? Ist es ehrenvoll, gegen einen zu kämpfen, der die Regeln des Kampfes nicht kennt? Ist es ehrenvoll zu lügen, wenn die Wahrheit das Ende dessen bedeutet, der er ist?

Die Tradition wird mit ihm sterben. In den Bars, die er heimlich besucht, findet er Lust, manchmal sogar Liebe. Doch keiner hält der Heimlichkeit lange stand. Und er hat zum Bedauern seines Vaters keinen Sohn, der ihm einst folgen wird - für den Vater, den Großvater, den Urgroßvater, die Tradition.

Wieder ertönt das Horn - zum dritten Tercio.

Die Banderilleros lenken den Stier ab. Währenddessen tritt der Matador in die Mitte des Ruendo. Er hebt seinen Hut vom Kopf, hält ihn mit ausgestrecktem Arm von sich weg und dreht sich einmal um die eigene Achse. Dann lässt er den Hut auf den Boden der Arena fallen. *Seht her: Euch allen widme ich diesen Tod.*

Doch sein Blick sucht in der Menge nur ein einziges Gesicht, das Gesicht dessen, den er nur in den kleinen Bars am Rande der Stadt küssen und berühren darf. Er sitzt links neben der Puerta Grande, dem Tor, durch das die Toreros die Arena betreten. *Verzeih meine Feigheit, dass ich den Tod allen widme und nicht dir allein.* Ist es schlimmer, ein Feigling zu sein oder ein Mörder?

Der Paso Doble erklingt im Zweivierteltakt. Der Matador schwenkt die Muleta. Und auch wenn von alters her das rote Tuch und der Stier für die Frau stehen, die der Mann zum Tanze führt, so ist es in der Arena doch der Tanz zweier männlicher Wesen.

Während der Matador die Angriffe des Stieres pariert, führt er die traditionell festgelegten Figuren aus. Er reizt den Stier und balanciert den Degen, während das Tier zusehends schwächer und langsamer wird. Weitergegeben von Großvater zu Vater zu Sohn: der Degen, die Muleta und die Regeln des Tanzes. *Schaut, wie schön und tapfer dieser Stier ist. Schaut, wie unfassbar sein Mut. Und wie viel mutiger noch der Mann, der ihn besiegt.*

Die Menge rast.

Trotz seiner Erschöpfung greift der Stier immer wieder an. Weil er die Regeln nicht kennt, die so geschaffen sind, dass er nur verlieren kann. Die Regeln eines Tanzes, der ihn immer weiter ermüdet, bis er den Kopf senkt und der Degen ihn tief in den Nacken trifft, die Halsschlagader aufschneidet, damit er sein Leben ausblutet in den Sand des Ruendo.

Ist es ehrenvoll? Nein. Das ist es nicht. Was tut er hier? Warum tanzt er noch immer mit dem Stier und nicht in den kleinen Bars am Rande der Stadt mit seinem Geliebten?

Der Stier brüllt, es ist wie ein Sammeln seiner letzten Kräfte. Er stolpert mehr, als dass er heranstürmt, und in letzter Sekunde weichen sie beide aus. Eines der Hörner zerfetzt die Jacke und das Hemd des Matadors, reißt seine Haut auf und auch das Fleisch darunter.

Die Menge stöhnt auf - ein einziger lustvoller Körper, der sich auf einem Bett aus Schmerzen windet.

Er winkt den Männern ab, die ihm zu Hilfe eilen wollen. Sein Körper brennt, der Arm mit dem Degen ist schwer, als zöge er die Waffe durch Sand statt Luft. Ein letztes Mal lockt er den Stier. *Bruder, kommt zu mir. Lass es uns zu Ende bringen.*

Das Tier taumelt ihm entgegen, über 600 Kilogramm Muskelmasse und Knochen in ungebremster Bewegung.

Ist es die Sonne, die ihn blendet? Oder sieht er das Gesicht seines Geliebten in der Menge? Für einen winzigen

Augenblick verharrt er, dann fällt sein Arm mit dem Degen nach unten. Im nächsten Moment reißen ihn die Hörner des Stiers nach oben. Sein Körper wirbelt durch die Luft und stürzt in den Sand. Der Stier bricht über ihm zusammen, ein müder Rächer geschundener Kreaturen.

Die Menge schreit auf aus Hunderten von Kehlen.

Mörder, verrecke, ist auch darunter.

autorin

Kim Skott, geboren 1969, lebt und arbeitet freiberuflich in Frankfurt am Main. Nach Diplomabschlüssen in Biologie und Psychologie begleitet sie seit 2003 als Mutmacherin und Kommunikationscoach die Veränderungsprozesse ihrer Kunden und Kundinnen. Seit über zehn Jahren nimmt sie sich immer mehr Zeit für ihre zweite Leidenschaft, das Schreiben. Dabei faszinieren sie vor allem Geschichten, bei denen es um Identität und Selbstbestimmung geht. Ihre Kurzgeschichten erscheinen in den „Phantastischen Miniaturen" der Phantastischen Bibliothek Wetzlar und in mehreren Anthologien, unter anderem: „Kein Beruf wie jeder andere" in „Auf der Suche nach dem Leser" (Oldib Verlag, 2017), „Webwalker" in „Der unmögliche Mord" (Conte Verlag, 2019), „Frankfurt-Tour" in „LERNENDE MASCHINEN" (Edition der Phantastischen Bibliothek Wetzlar, 2020), „Ich-Maschine" in „STAUBKORN-FEE TRIFFT ICH-MASCHINE" (Verlag p.machinery, 2021). Information über aktuelle Schreibprojekte – darunter auch längere Texte – gibt es auf: www.kim-skott.de

das rote tuch

VON ESTHER GEISSLINGER

»Jis-jis-jis-jis.«

Marcel hört Silkes Stimme schon, als er aus dem Wohnzimmer in den Flur tritt. Durch die geschlossene Küchentür versteht er kein Wort, nur den Klang, hell und eifrig. Langsam geht er weiter, der Boden unter seinen nackten Füßen ist kühl und glatt. Die Platten hat er selbst verlegt, graues Laminat in Dielenoptik, sieben neunundneunzig den Quadratmeter beim Obi. Aber die Platten wellen sich, dabei hat er sich genau an die Anleitung gehalten. Vermutlich sind die Dinger nicht genau zugeschnitten gewesen, sie kommen irgendwo aus Fernostistan, wo sie's nie so genau nehmen mit den Maßen.

Aus Saschas Zimmer dringt leise, scheppernde Musik. Also hat der Bengel seine Kopfhörer auf und daddelt am Computer, statt seine Aufgaben zu machen. Scheiß-Home- ... Heißt es nun Home-Skuling oder Home-Schuuling? Wenn sie im Fernsehen darüber reden, ist es ganz klar, aber wenn Marcel es sagen will, stolpert seine Zunge. Sie hätten es auch zu Hause-Unterricht oder so nennen können.

Aus der Küche kommt ein helles Lachen, dann wieder Silkes eifriges »Jis-jis.« Sie hatte darum gebeten, dass sie während ihres Meetings – noch so ein englisches Wort – nicht gestört wird, aber das Gequassel dauert schon über eine Stunde.

Auf dem Flur liegen weiße Sneakers kreuz und quer. Sascha schmeißt seine Sachen einfach hin, und statt ihn zur Rede zu stellen, räumt Silke hinter ihm her. Aber Marcel mischt sich da nicht ein, Sascha ist nicht sein Sohn. Statt die Latschen in den Mülleimer zu werfen, um dem Jungen mal was über das wahre Leben beizubringen, kickt er die Dinger nur beiseite. Sie fliegen unter den Garderobenschrank, zwischen die Einkaufstüten und Silkes Laufschuhe. Es poltert, aber das scheint weder Sascha noch Silke zu stören: Aus der Küche dringen weiter Wortfetzen, aus dem Kinderzimmer das Oink-Oink-Kuka-Shaka-Dooiing-Doiing des Computerspiels. Unten, in der Wohnung der Kowskys, springt die Waschmaschine in den Schleudergang und lässt den Boden vibrieren. Im Treppenhaus tappen Schritte vorbei, bestimmt kriegen die Asozialen im vierten Stock wieder Pakete geliefert.

Marcel bleibt vor der Küchentür stehen, hält das Ohr an die Tür.

Sie redet da drinnen, redet und redet. Herrgott noch mal, es kann doch nicht sein, dass er sich in seiner eigenen Wohnung nicht mal was zu trinken holen darf! Mit der Schulter schiebt er die Küchentür auf.

Silke schaut hoch und lächelt ihn über den Rand des Laptops an. Ihr Lächeln hat er immer toll gefunden, es war das Erste, was er von ihr gesehen hat, damals auf dem Rummelplatz an der Schießbude. »Ich schieß dir 'ne Rose, wenn du dafür noch mal lächelst«, hatte er gesagt. Der erste richtig gute Anmachspruch in seinem

Leben. Er hatte angelegt und ihr die Rose geschossen. Zum Dank hatte sie ihn zu einer Wurst und einem Bier eingeladen. Und den ganzen Abend gelächelt.

Sie schaut wieder auf den Bildschirm. Das Gerät steht auf dem Küchentisch, daneben ein weißer Becher. Auf dem Porzellan zeichnet sich ein verschmierter roter Rand ab. Typisch. Man sollte denken, Frauen lernen das Schminken schon als Teenies, aber Silke legt immer zu viel Lippenstift auf. Sie findet es lustig, ihn zu küssen und rote Halbmonde auf seiner Wange zu hinterlassen.

Auf der Arbeitsplatte hinter Silkes Rücken steht das Frühstücksgeschirr: die blauen Teller und Tassen, die sie in der Woche benutzen, Saschas Schale mit dem Mondgesicht, an deren Rand getrocknete Milch und Flocken kleben. Nichts ist abgewaschen oder auch nur in die Spüle geräumt – er hasst es, wenn Dinge unaufgeräumt sind, aber Silke musste sofort nach dem Frühstück in ihr Miiiiiiting. Dass ihre Kollegen direkt in die Küche gucken können, scheint sie nicht zu stören. Angeblich sitzt Silke vor einem schicken virtuellen Hintergrund. Vermutlich sehen ihre Kollegen das schmutzige Geschirr doch und lachen sich kaputt.

»Yes.« Silke schaut wieder auf den Bildschirm. »Yes, but ... Ah, okay, yes, of course.« Aha, sie hat »yes, yes« gesagt statt »jis, jis«. Ihre Stimme klingt höher als sonst, fröhlicher, als wenn sie mit Marcel redet. Als ob es interessanter wäre, über die Arbeit zu reden als über das Leben drumherum. Früher haben sie oft miteinander gelacht. Sie liebt es, wenn er Leute nachmacht, Promis aus dem Fernsehen oder ihre Nachbarn. Aber das hat er lange nicht mehr getan.

Er geht zum Kühlschrank, klappt ihn auf, holt eine Flasche Cola heraus, trinkt einen langen Schluck und dreht sich zu Silke um.

»Okay, maybe.« Sie schüttelt den Kopf, beugt sich vor. »But ...« Blablabla. Sie trägt ihr blaues Kostüm und eine weiße Bluse, aber an den Füßen ihre grauen Flauschpantoffeln. Klar, ihre Kollegen kriegen ihre Füße nicht zu sehen, und offenbar zählen die für Silke grade mehr als ihre Familie. Um den Hals hat sie ein rotes Tuch gebunden. Alles zusammen sieht ein bisschen aus wie die Uniform einer Stewardess.

Er trinkt noch einen Schluck Cola. Der Kühlschrank summt, die Quarzuhr am Backofen springt eine Minute weiter.

»Okay – yeah. Thank you.« Sie lacht wieder, schaut auf, ihr Blick trifft Marcels. Im Neonlicht der Küchenlampe wirken ihre Augen mehr grau als grün. Ohne Schminke sieht sie eigentlich am besten aus, sie muss gar nicht den Mund so nuttig breit ausmalen. Vielleicht macht sie das mit Absicht, um ihre Kollegen geil zu machen. Als hätte sie seine Gedanken gelesen, runzelt sie die Stirn, lächelt kurz. Im nächsten Moment schaut sie wieder auf den Bildschirm.

Eigentlich sollte er gehen, darum hatte sie gebeten: Es macht sie nervös, wenn andere Leute im Raum sind während ihrer Miiiitings. Aber er will ja nicht zuhören – als ob es ihn interessieren würde, was sie da erzählt! –, sondern nur klar machen, dass er das Recht hat, in seiner Wohnung jederzeit in seine Küche zu gehen und sich eine Cola zu holen oder ein Brot zu schmieren.

Vielleicht könnte er das dreckige Geschirr spülen, das macht er im Restaurant auch oft genug, wenn im

Service nicht so viel zu tun ist. Und er ist keiner dieser Macho-Typen, die zuhause nur die Füße hochlegen, im Gegenteil, er leistet immer seinen Anteil an der Hausarbeit. Überhaupt macht er gern was mit den Händen, er ist geschickter als Silke – von Sascha gar nicht zu reden, der kriegt die Augen nicht von seinem Scheiß-Telefon und hat noch nie ein Werkzeug angefasst.

»One moment, please.« Silke nimmt die Kopfhörer ab. »Ist was?«

»Was soll sein?« Er lehnt am Kühlschrank und trinkt Cola. Eigentlich mag er das Zeug nicht, es ist Saschas braune Brause. Zuckerwasser mit Farbstoff: Wenn er mit der Flasche in der Hand stolpert und Silkes weiße Bluse und ihre blaue Stewardessen-Jacke bekleckert, würde sie ganz schön dumm gucken. Für den Rest ihres Miiitings müsste sie ein Lätzchen tragen. Oder sie zieht die Klamotten aus, darauf warten die Macker wahrscheinlich schon.

»Noch fünf Minuten, dann mache ich Essen«, sagt Silke und setzt die Kopfhörer auf. »Sorry. It's nothing.« Sie greift nach dem weißen Kaffeebecher, ihre Lippen machen einen zweiten roten Halbkreis neben dem ersten.

Nothing, nichts: So viel Englisch versteht er. Eigentlich sollte er sich wieder ins Wohnzimmer verziehen und dieses dämliche Beihilfeformular ausfüllen, das seit Tagen auf der Ablage unter dem Sofatisch liegt. So lange schon, dass es ganz verknittert und fleckig ist. Was soll's, wenn das die Leute im Amt stört, ist es deren Scheiß-Problem.

»Yes, great, thanks!« Silke lacht und winkt mit beiden Händen wie eine Schwachsinnige. »Bye!« Sie klappt den

Rechner zu und verschränkt die Arme hinter dem Kopf. »Puh. Anstrengend. Aber es war mega-erfolgreich, sie haben mein Konzept gelobt, sogar Pawel.«

Er hebt bloß die Schultern: Konzepte, Projekte, Meeting, nach richtiger Arbeit klingt es nicht, was sie macht. Er dagegen weiß nach einer Schicht, was er geleistet hat. Einen Abend lang Tabletts tragen, darauf achten, ob ein Glas leer ist oder ein Gast einen Wunsch hat, das sollen diese Schreibtischhocker mal schaffen. Nur im Moment ist das Lokal geschlossen, und keiner weiß, ob es überhaupt wieder öffnet.

»Soll ich uns eine Kleinigkeit brutzeln?« Sie steht auf, zieht die blaue Jacke aus und hängt sie über die Stuhllehne. Im Licht der Deckenlampe leuchtet die weiße Bluse geradezu. Dagegen wirkt das Tuch schäbig und abgetragen, es ist keines von denen, die sie sonst trägt. »Du, machst du den Abwasch?«

Nach dem Frühstück wäre es kein Thema gewesen, aber inzwischen ist das Müsli angetrocknet und in den Bechern schwappen braun-gräuliche Kaffeereste. Außerdem: Eigentlich könnte er kochen, er ist schließlich vom Fach. Gut, kein Koch, aber auch als Kellner kriegt er jede Menge Profi-Wissen mit. Aber Silke scheint ihm zeigen zu wollen, dass sie alles kann, Job, Haushalt, Küche. Na, soll sie halt. Aber den Spüler macht er nicht für sie. »Jetzt abwaschen ist Unsinn, wenn gleich der Stapel vom Mittag dazukommt.«

Silke küsst ihn auf die Wange. »Stimmt eigentlich.« Mit schief gelegtem Kopf schaut sie ihn an: »Hoppla, Lippenstift!« Sie reibt über seine Haut, es kribbelt auf den Bartstoppeln. »Steht dir gut.«

»Lass den Scheiß.« Ihre gute Laune nervt. »Was gibt's denn?«

»Och, bloß Reste.« Sie nimmt eine Tupperdose aus dem Kühlschrank, holt eine Pfanne heraus und stellt sie auf den Herd. »Du, wollen wir nachher einkaufen gehen? Kannst mir tragen helfen.«

Als ob er nichts Besseres zu tun hätte! »Nee, ich muss Sachen erledigen.« Das blöde Formular ausfüllen zum Beispiel.

»Na, geh' ich halt allein.« Sie pfeift vor sich hin, während sie den Eintopf vom Vortag aufwärmt. »Weißt du, was Pawel gesagt hat?«

»Nee.« Pawel, Pawel. Wie Silke von ihm schwärmt, könnte man denken, er wäre Superman.

»Er meinte, meine Performance sei in den vergangenen Monaten kontinuierlich besser geworden. Er sagt, das mache richtig Spaß, dabei zuzuschauen.« Sie lächelt, strahlt geradezu. »Wow, oder? Mein früherer Chef hätte das nie und never gesagt. Schon gar nicht zu einer Frau. Ich glaub', der konnte gar nicht fassen, dass wir richtig arbeiten dürfen und nicht nur Kaffee kochen.«

Nie und never. Was redet sie bloß für einen Scheiß!

»Was'n das eigentlich für ein Fetzen?« Er deutet auf das Halstuch. Das Ding hat er noch nie an ihr gesehen. Nuttenrot, genau wie ihr Lippenstift.

»Fetzen?« Sie berührt das Tuch mit den Fingerspitzen. »Das hat mir meine Oma geschenkt. Es ist mein Glückstuch, ich trage es nur, wenn ich eine Extraportion Glück brauche.«

An solche Sachen glaubt sie: Glücksbringer, Glückstage. Sogar Glückslieder – hin und wieder dreht sie das

Radio laut und singt mit. Glück! Er hat schon lange kein Glück mehr gehabt. »Das Ding sieht bescheuert aus. Und es ist dreckig.«

Ihr Lächeln erlischt. »Im Ernst?« Sie bindet das Halstuch ab und schüttelt es aus. Es ist größer als gedacht, der Stoff fein und leicht. »Wo ist es dreckig? Und findest du, es steht mir nicht?«

Er hebt die Schultern. Eigentlich sieht der Stoff doch nicht dreckig aus. An einigen Stellen ist das leuchtende Rot zwar etwas verblasst, doch das könnte ein gewollter Effekt sein. Am besten, er sagt, dass er sich geirrt hat, sonst fragt sie noch drei Mal nach, warum und wieso und blablabla. Immer will sie seine Meinung wissen, das kann echt nerven. »Okay, ist nicht dreckig. Schöne Farbe. So ... rot.«

Als wäre das ein ganz toller Witz, lacht Silke auf. Sie hält das Tuch hoch und wedelt damit: »Olé, torro! Olé!«

Der dünne Stoff schlägt ihm ins Gesicht. Von dem Tuch geht ein Geruch aus, den er nicht kennt, süßlich und schwer.

»Olé, torro!«

Wofür hält sie ihn, für einen Idioten? Er wischt das Tuch beiseite. »Lass den Scheiß!«

»Och, torro, starker torro.« Immer noch wedelt sie mit dem Tuch und grinst mit rot verschmiertem Mund. »Du siehst ja so böse aus, du ...«

Das Tuch ist in seinem Gesicht, ein Zipfel gerät in sein Auge. Auf einmal sieht er nur noch rot. Seine Hand bewegt sich wie von selbst. Sie ballt sich, Finger, Daumen, eine Faust. Die saust vor und trifft Silkes Wange.

Das Tuch fällt zu Boden, als sie zurückweicht. Ihre Miene ist starr, ganz fremd. Die Haut, da wo seine Hand sie getroffen hat, ist fast so rot wie der Lippenstift.

Das hat er nicht gewollt. Natürlich nicht. Scheiße, er ist doch keiner, der schlägt, schon gar nicht seine Frau!

Er macht einen Schritt rückwärts, stößt mit der Hüfte an den Tisch. Ihr weißer Kaffeebecher mit den Lippenstift-Halbmonden gerät ins Wanken, kippt von der Kante und zerklirrt auf den Küchenfliesen. Der Kaffee läuft aus und durchweicht das Tuch, der dünne Stoff färbt sich braun.

»Mein Glückstuch!« Silke schreit hoch und hysterisch, dann schießen ihr Tränen in die Augen.

»Halt die Klappe!«, brüllt er sie an. »Das ganze Haus hört dich!«

Sie bückt sich nach dem Tuch, presst es zu einem Knäuel zusammen. Dann wirft sie es Marcel ins Gesicht. Das Tuch trifft ihn an der Wange, kalt und nass. Es rutscht auf seine Schulter, die Feuchtigkeit dringt durch sein Jeanshemd.

»Mama?« Sascha steht in der Tür, er hat sein Telefon in der Hand. »Was ist los? Soll ich die Polizei rufen?«

Silke wischt sich die Augen. »Oh ... Natürlich nicht. Alles gut.«

»Oooookay ...« Sascha zieht die Brauen hoch, bis seine Stirn ganz kraus ist.

»Es war nichts.« Marcels Stimme zittert, er räuspert sich. »Geh wieder in dein Zimmer.«

»Nö, mach ich nicht.« Sascha schaut seine Mutter an.

Die holt Luft. »Genau, weil wir jetzt essen.« Sie dreht sich zum Herd, das Resteessen dampft in der Pfanne.

»Sascha, deck den Tisch. Aber nur für zwei. Marcel geht ein bisschen spazieren.«

Langsam legt Marcel das Tuch auf den Tisch. »Wenn du das willst.«

Sie nickt. Ihr Gesicht ist immer noch gerötet, das Haar verwirbelt, aber der Fleck – die Spur von Marcels Hand – verschwindet allmählich.

Es ist nicht ganz leicht, aus der Küche zu kommen, weil Sascha wie ein Wachposten in der Tür steht. Als Marcel auf ihn zugeht, weicht er in den Flur zurück, das Telefon umklammert er wie eine Waffe.

Marcel nimmt seine Schuhe aus dem Schrank, greift nach der Windjacke. Seine Geldbörse steckt in der Innentasche.

Er geht zur Haustür, während Silke und Sascha nebeneinander im Kücheneingang stehen. Sie hat einen Arm um seine Schultern gelegt, er drängt sich an sie, und ihre Gesichter haben denselben Ausdruck – nicht Wut, nicht Furcht, eher so, als hätten sie genau so etwas erwartet.

Er zieht die Tür hinter sich zu.

autorin

Esther Geißlinger, 1968 in Schleswig geboren, studierte in Bamberg Slawistik, Journalistik und Politik und schrieb ihre Magisterarbeit über Russlands Zeitungen in den Perestroika-Wirren. Nach einem Zweitstudium Journalismus an der Staatlichen Universität St. Petersburg begann sie 1997 ein Zeitungsvolontariat und war danach als Lokalredakteurin in Husum tätig. Seit 2004 lebt sie in Rendsburg in Schleswig-Holstein, arbeitet frei für Tages- und Fachzeitungen und schreibt fiktionale Texte, vor allem Science-Fiction. Kurzgeschichten erscheinen in den „Phantastischen Miniaturen" der Phantastischen Bibliothek Wetzlar und in mehreren Anthologien. Preise: 2005 Publikumspreis im Wettbewerb „Schreibfeder.de", 2009 Preis der Ausschreibung „Utopia" der Aktion Mensch, 2020 Journalistenpreis Schleswig-Holstein, 2021 Stipendium des Phantastik-Autoren-Netzwerks e. V. (PAN) im Bereich „Science-Fiction".

müller geht

VON KRISTIN WEBER

Müller öffnete die Tür mit der zerkratzten Aufschrift „Studio 1" und stand in einer dunklen Halle. Sie war so groß wie eine Lagerhalle, aber völlig leer. Nur in der Mitte standen vier Scheinwerfer um einen Stuhl und bündelten ihre Lichtstrahlen auf die Sitzfläche. Direkt um den Stuhl herum stand ein Gebilde, das Müller noch nie gesehen hatte. Auf einer kreisrunden Schiene saßen in regelmäßigen Abständen gut ein Dutzend Antennen und auf jeder von ihnen eine gläserne Kugel. Nirgendwo stand eine Kamera, es gab keine Kameraleute oder Kabelträger, also musste das Gebilde das Aufnahmegerät sein.

»Kommissar Müller!« Aus dem Dunkel jenseits der Scheinwerfer trat eine junge Frau mit kurz geschnittenen dunklen Haaren auf ihn zu. Sie trug einen gelben, knielangen Rock mit einem farblich passenden, enganliegenden Jackett und streckte ihm ihre Hand entgegen, an der die Fingernägel ebenso gelb lackiert waren. Ihren Namen nannte sie nicht. Aber Müller erkannte sie. Schließlich hatte ihr Name in den Fluren des Produktionsgebäudes auf jedem Hinweiszettel gestanden, der den Weg zum Studio wies: *„Sina Lambach – Aufgedeckt!"* Er hatte ihre reißerische Sendung auch schon im Fernsehen gesehen.

»Es freut mich, dass Sie es einrichten konnten, mit uns zu sprechen, Herr Müller«, sagte sie.

Er erwiderte ihren schlaffen Händedruck und verschränkte seine Hände hinter dem Rücken. Die Taschen seines neuen Sakkos waren zugenäht. »Ja.« Er hatte es wohl oder übel einrichten müssen. »Es heißt übrigens Kriminaloberrat, nicht Kommissar. Tja, sieht so aus, als möchte das LKA neuen Schwung in den Fall bringen. Vielleicht sollten Sie aber mit meinem Nachfolger sprechen, Kriminalrat Betzing ist auf einem neueren Stand, was die Ermittlungen angeht.«

»Mit ... äh, Herrn Betzing sprechen wir auch noch, keine Sorge. Den Anfang der Geschichte können Sie uns jedoch am besten erzählen, nicht wahr?« Lambachs Zähne blitzten weiß, auch wenn sie im Halbdunkel stand und das Licht nur auf den Stuhl ausgerichtet war.

»Nehmen Sie schon mal Platz, Herr Müller«, sagte eine Männerstimme aus dem Hintergrund. »Dann kann der Ton ran.« Hinter dem Scheinwerfer stand der Stuhl der Journalistin, daneben ein Barhocker, an dem ein junger Mann mit gegeltem Bart lehnte. Er trug einen roten Pullunder, hatte die Haare zum Männerdutt hochgekämmt und malträtierte einen Kaugummi mit den Zähnen.

Müller entdeckte einen Durchlass in dem Gestell mit den Stielaugen und setzte sich. Jetzt knallte das weiße Licht von allen Seiten auf ihn ein. Ein zotteliger Typ im T-Shirt einer Metal-Band mit dreiviertellangen Kaki-Hosen eilte herbei, an seinem Gürtel baumelten Karabinerhaken, an denen Werkzeuge und Klebebandrollen hingen. Er klemmte Müller einen schwarzen Knopf ans Revers und justierte an den Scheinwerfern herum.

Der Assistent mit dem gegelten Bart, der abseits auf dem Barhocker saß, starrte abwechselnd auf sein altmodisches Klemmbrett und sein Smartphone. Er hatte ein Funkmikrofon vor dem Gesicht und sprach leise mit jemandem. Wahrscheinlich war er der Redakteur oder Aufnahmeleiter oder wie auch immer das hieß. Als ihm jemand aus dem Dunkel heraus einen Becher mit dem Aufdruck einer veganen Kaffeehaus-Kette reichte, bekam er Probleme mit seinen bereits vollen Händen.

Der Beleuchterfuzzi drehte einen Scheinwerfer, und das Licht stand wie eine gleißende Wand vor Müllers Augen. Er blinzelte. Hinter dem Gleißen nahm eine schemenhafte Sina Lambach ihm gegenüber auf dem Stuhl Platz, auf ihren Schoß legte sie ihr Smartphone.

Sie deutete auf die Stielaugen, die Müller umzingelten. »3D. Bald sind damit auch schon Holografien möglich, dann sind wir die Ersten, die diese Technik nutzen. Das wird schick aussehen, sage ich Ihnen.«

Wundervoll, 3D. Dann waren die Glaskugeln tatsächlich die Kameras und zeichneten jede kleinste Regung von ihm aus jedem nur erdenklichen Winkel auf. Im fertigen Film würde seine Holografie wahrscheinlich mitten in eine Animation der Tatorte hineingesetzt werden. Oder solcher Schnickschnack. Gut, dass er den Anzug angezogen hatte. In den amerikanischen True Crime-Filmen, die er kannte, zeigten sie immer diese pensionierten Cop-Urgesteine, die sich in ausgeleierten Blouson-Jacken in Bars interviewen ließen und dadurch erst recht alkoholkrank wirkten. Jeder Zuschauer musste sich bei ihnen fragen, wie sie es wohl geschafft hatten, die komplexen Fälle zu lösen.

»Also, Herr Müller. Verzeihung, Kriminaloberrat. Dann legen wir mal los. Wann geschah denn der erste Mord?«

Harter Einstieg ohne Vorgeplänkel. Mangelnde Zielstrebigkeit konnte man der jungen Frau nicht vorwerfen.

»Aber das wissen Sie doch, Frau Lambach. Sie haben die Mordserie recherchiert, nehme ich an?«

Der junge Mann auf dem Barhocker klopfte sich mit dem Klemmbrett auf den Oberschenkel und kaute energisch Kaugummi. Sina Lambach lächelte. »Natürlich haben wir recherchiert. Erzählen Sie doch bitte den Zuschauern, was passiert ist, nicht uns. Verstehen Sie? Tun wir so, als wüssten wir gar nichts. Okay?«

Müller atmete tief ein, er sollte in diesem Film also den Erzähler geben. Wundervoll.

»Der erste Mord ereignete sich vor zehn Jahren«, half Sina Lambach geduldig aus.

»Am 24. Mai 2019«, sagte Müller. »In Kassel wurde ein 27-jähriger Mann in der Fulda-Aue nahe dem Stadion tot aufgefunden, ja. Er wurde erwürgt, das bestätigte die Gerichtsmedizinerin einige Tage später.«

Ein rechteckiges Bild poppte direkt vor Müller auf. Er zuckte zusammen. Offenbar war dies Teil der neuen Holografie-Technik. Das Bild stand vor ihm in der Luft, das grobkörnige Polizeifoto aus der Presse. Im Vordergrund zogen die Mitarbeiter des Kriminaltechnischen Instituts in ihren weißen Anzügen gerade einen Sichtschutz aus einer Plane auf, um die Schaulustigen abzuhalten. Im Hintergrund stand ein jüngerer Daniel Müller und betrachtete, was von der Plane verdeckt wurde. Mitte fünfzig war er damals gewesen. Sein braunes Haar war nur an den Schläfen ergraut. Er trug Jeans und Hemd. Locker, hemdsärmelig. Damals war er noch Kriminaloberkommissar gewesen. Es war ein normaler Mordfall.

»Damals wussten wir noch nicht, dass es der erste Mord einer Serie sein würde«, sagte er. »Es war für uns einfach ein Tötungsdelikt und wir nahmen die Ermittlungen auf.«

Lambach blickte auf ihr Smartphone. »Die Ermittlungsansätze gingen gleich in eine bestimmte Richtung, nicht wahr?«

Müller umfasste die Armlehnen des Stuhls. »Was heißt das, in eine bestimmte Richtung? Alle Indizien deuteten darauf hin, dass wir es mit einem Mordfall in einem bestimmten Milieu zu tun hatten. Das Opfer war homosexuell. Wir haben uns seinen Hintergrund angeschaut: alleinstehend. Er verkehrte regelmäßig in einschlägigen Lokalen, die in dem Stadtteil nah der Fulda-Aue liegen.«

»Mit *einschlägig* meinen Sie Saunaclubs, Schwulenbars«, hakte Sina Lambach nach.

»Korrekt. Manche der Männer nehmen den Weg durch die Fulda-Aue. Dort ist nachts einiges los, Sie wissen, was ich meine. Deshalb wäre es möglich gewesen, dass der Täter auch aus diesem Milieu stammte.«

»Aber es hätte auch ein schiefgegangener Drogendeal sein können, oder?«, sagte Sina Lambach. »Nachts in der dunklen Fulda-Aue, an einem abgelegenen Ort.«

»Wir sammeln Indizien, Frau Lambach, wir stellen nicht irgendwelche Vermutungen an. Drogen konnten wir schnell ausschließen, weder im Körper des Opfers noch in seiner Wohnung wurden Spuren von Narkotika nachgewiesen. In der Wohnung gab es jedoch Fingerabdrücke von unterschiedlichen Männern. Die Statistik sagt, die meisten Mordfälle sind Beziehungstaten. Täter und Opfer kennen sich. Einige Männer, die sich in der Wohnung des Opfers aufgehalten hatten, konnten wir identifizieren. Aber keiner von ihnen hat DNS-Spuren am Tatort hinterlassen. Wir konnten sie ausschließen.«

Das Motiv war Müller jedoch unklar geblieben. Zeugen, die das Opfer gekannt hatten, sagten aus, der Mann sei beliebt gewesen in seiner Community, fröhlich und hilfsbereit.

»Etwa anderthalb Jahre später gab es einen weiteren Mord«, sagte Sina Lambach.

»Es war wieder ein junger Mann, und auch er war erwürgt worden«, berichtete Müller. »Die Tat wurde nicht weit vom ersten Tatort entfernt begangen, etwas weiter stadteinwärts, in Richtung Staatstheater. Damals war uns schnell klar, dass die Fälle möglicherweise zusammenhängen. Wir fragten uns, ob sich beide Männer im gleichen Milieu bewegt hatten, ob sie vielleicht beide den Täter gekannt hatten.«

»Sie suchten weiterhin im Umfeld der Schwulenclubs?«

Das war damals die einzig erkennbare Verbindung gewesen, zwei junge Männer, die an einem Ort ermordet worden waren, an dem sich nachts Homosexuelle aufhielten. »Es bestand die Möglichkeit, dass es der Täter auf eine bestimmte Art von Opfer abgesehen hatte. Nachts ist die Fulda-Aue kein sehr sicherer Ort, wie Sie richtig festgestellt haben. Wer sich dort mit Fremden trifft, geht eben auch ein Risiko ein.«

»Also waren die Opfer selbst schuld?«, fragte der Redakteur/Assistent-was-auch-immer und nahm den Blick von seinem Klemmbrett. »Wollen Sie das sagen?«

»Entschuldigung, aber das habe ich *nicht* gesagt«, antwortete Müller. »Sie führten einen bestimmten Lebenswandel.«

Sina Lambach sagte: »Das zweite Opfer war Vater. Er hatte eine Freundin und einen kleinen Sohn.«

Menschen waren komplexe Wesen. Wenn Müller das Leben von Opfern durchleuchtete, kamen die erstaunlichsten Dinge ans Licht. Man konnte also nichts einfach ausklammern, nur weil es auf den ersten Blick unzutreffend erschien. Meistens ahnten gerade diejenigen, die einer Person am nächsten standen, am wenigsten von ihren Geheimnissen. »Unsere Erfahrung sagt uns, dass wir nichts ausschließen können. Und mit *wir* meine ich meine Abteilung. Ab dem zweiten Mord gab es eine Sonderkommission.«

»Die unter Ihrer Verantwortung stand«, sagte Sina Lambach.

Ein weiteres Bild poppte auf, das erste war verschwunden. Jetzt: Müller beim Händeschütteln mit dem Leiter des LKA. Seine Haare waren kürzer, die Schläfen schon viel grauer.

»Ich wurde zum Leiter der Sonderkommission ernannt, ja.«

Eine neue Verantwortung, neuer Dienstgrad. Er war Kriminalrat geworden. Für die Zuschauer spielte das aber keine Rolle. Sie wollten wissen, was passiert war, und möglichst in allen schaurigen Details.

»Der Leiter des LKA, Thomas Brettschneider, war ein alter Studienfreund von Ihnen, nicht wahr?«, fragte Lambach.

Das hatte nichts mit dem Fall zu tun. Müller sagte deshalb auch nichts. Es gehörte nicht in die Dokumentation.

Lambach atmete hörbar ein. »Also gut: Das dritte Opfer war ein Rentner, der vierundsiebzigjährige Karl Renner. Ein Jahr später. Sie ermittelten da seit drei Jahren, und immer noch suchten Sie nach einem Mörder in der queeren Community. Weil das erste Opfer zufällig ein schwuler Mann war?«

Müller löste die Finger von den Armlehnen. Bestimmt sah er völlig verkrampft aus. Er verschränkte die Arme. »Wir folgen den Indizien, Frau Lambach, sie wiesen uns zuerst in diese Richtung.« Das Alter eines Mannes war ebenfalls kein Ausschlussgrund. Er hätte denselben Hintergrund haben können. »Es gab bei allen Fällen immer noch kein eindeutiges Tatmotiv. Wir mussten also für alles offen sein.«

»Das heißt, Sie hielten weiter an ihrer Theorie fest«, sagte der rote Pullunder mit Gel-Bart kaugummikauend.

Offenbar hatten diese beiden keine Ahnung, wie Polizeiarbeit funktionierte. »Beim dritten Mord gab es ein besonderes Indiz«, sagte Müller. »Jetzt fing die Sache mit dem Tuch an. Der Täter ließ das Tatwerkzeug zurück.«

Die Journalistin schaute auf ihr Smartphone. »Die Presse taufte die Mordserie ,Halstuch-Morde'. Erklären Sie den Zuschauern das doch bitte genauer.«

Das Licht der Scheinwerfer nahm langsam tropische Temperaturen an. »Na ja, die Presse sucht nach griffigen Bezeichnungen. Das ist ein Zitat, das an diese alte Fernsehserie erinnern sollte, nehme ich an, Durbridge. So ein Etikett klingt wohl besser. Allerdings werden Halstücher in der Szene manchmal auch als Erkennungszeichen benutzt. Als geheimes Signal, welche Vorlieben man hat. Für uns war die Verbindung durchaus nachvollziehbar.«

»Wurde der Rentner mit dem Tuch erwürgt?«, fragte Lambach.

»Die Faserspuren konnten das eindeutig belegen.« Das Hemd unter Müllers Sakko klebte an seiner Haut. Er zog sein Einstecktuch aus der Brusttasche - zartrosa, kitschig - und wischte sich damit über die Stirn. Lambach holte Luft. Was sie jetzt einwerfen würde, wusste er bereits.

»Aber keine fünf Monate später lag das nächste erwürgte Opfer unter den Büschen nahe der Orangerie. Und auch bei diesem war ein Halstuch zurückgelassen worden. Das Opfer aber war eine Frau!«, triumphierte Sina Lambach.

Müller schlug ein Bein über das andere und bemühte sich, nicht so auszusehen wie ein Pennäler, der in Mathe gespickt hatte und jetzt vor dem Rektor saß. Diese verflixten Rundum-Kameras sahen alles. Aber ganz klar: Am Tag, an dem Leichnam Nummer vier gefunden worden war, hatte die Sonderkommission eine deftige Krisensitzung abgehalten. »Eine Frau«, sagte Müller gelassener, als ihm zumute war. Er sollte ja nur die Fakten berichten. »Jetzt waren wir vollkommen sicher, dass es der gleiche Täter war und kein Nachahmer. Eine bestimmte Information hatten wir nämlich vor der Presse zurückgehalten - welche Farbe das Tuch hatte, mit dem der Rentner ermordet worden war. Dass es sich um ein knallrotes Tuch handelte, war also Täterwissen.«

Ein neues Bild sprang auf: ein rotes Tuch, ausgebreitet. Das Foto des Tatwerkzeugs, das die KTI später veröffentlicht hatte. Die rote Farbe wirkte grell, mehr orange als rot, wahrscheinlich wegen des Foto-Blitzlichts.

»Es gab dem Fall eine Wende«, sagte Müller atemlos. Diese Bilder sprangen jedes Mal so urplötzlich vor ihm auf wie unhaltbare Bälle beim Tennis.

Auf dem Foto lag neben dem roten Tuch ein aufgeklappter Zollstock als Größenvergleich. Das Tuch war an den Kanten gut dreißig Zentimeter lang und bestand aus Leinen. Es war aber nicht besonders gut verarbeitet, Ware aus einem Ramschladen. Obwohl es vermutlich nur ein einziges Mal verwendet worden war, wirkte es schon zerfleddert und abgenutzt. Das Tuch musste bei der Tat zu einem Dreieck gefaltet gewesen sein, denn es hatten sich Längsfalten in den Stoff eingeprägt. Reste des Make-ups der Frau hafteten noch als Schlieren darauf. Der Täter hatte Kraft einsetzen müssen. Einen Menschen zu erwürgen, war nicht so einfach. Dass die Frau schnell starb, darauf war es ihm wohl nicht angekommen, sonst hätte er die Garotte, bevor er sie um ihren Hals schlang, in sich gedreht.

Der Scheißkerl hatte sie verhöhnt! Er hatte mitbekommen, dass sie jahrelang Tausende Zeugen befragt hatten, dass sie sich jeden, der in den Clubs ein- und ausging, angeschaut hatten. Und doch hatten sie nichts gefunden, denn sie hatten am falschen Ort gesucht. Nun fühlte sich der Täter stark, er hatte sie an der Nase herumgeführt. Er nahm auf diese Weise Kontakt zu ihnen auf, machte es persönlich. Von da an war jedes neue Opfer ein Schlag des Täters ins Gesicht der Soko gewesen. In Müllers Gesicht. Aber das würde er nicht laut vor der Kamera sagen.

Sina Lambach legte ebenfalls ein Bein über das andere und wippte mit dem Fuß. »Das heißt also, entweder das weibliche Opfer war eine Anomalie, denn es passte nicht ins Profil des Täters, eine Frau zu erwürgen. Oder, Herr Müller, Sie hatten fünf Jahre lang in eine komplett falsche Richtung ermittelt, der Täter passte gar nicht zu dem Profil, das Sie von ihm hatten. Diese Kritik hat es gegeben, nicht wahr?«

Der rote Pullunder ließ sein Klemmbrett sinken und sah Müller ebenfalls an, kaute.

Nicht wahr? Die dumme Frage hätte sie sich eigentlich sparen können. Das wusste sie doch genau. Der Druck auf seine Kommission hatte schlagartig zugenommen. Und jetzt waren sie wieder an diesem Punkt! Er hätte es wissen müssen, schon als er den dämlichen Verhörstuhl gesehen hatte. Er war nur der Ermittler! Er hatte die Leute nicht ermordet, dafür konnten die beiden jungen Schnösel ihm nicht die Schuld geben. In der Faust hielt er noch das Einstecktuch und presste es zusammen. In seinem Beruf ging es um das Sammeln und Auswerten von Fakten. Nicht mehr und nicht weniger. Er musste sich nicht rechtfertigen.

»Wir folgen den Spuren«, sagte Müller - bestimmt zum fünften Mal. »Aber je öfter ein Täter zuschlägt, umso wahrscheinlicher wird es, dass er dabei ein Muster erkennen lässt. Und an diesem Punkt stand für uns nun zweifelsfrei fest, dass uns die bisherigen Anhaltspunkte in eine falsche Richtung geführt hatten.«

Der dämliche Lackel im roten Pullunder lachte.

»Deshalb haben wir die Strategie angepasst«, sagte Müller. »Wir mussten nun davon ausgehen, dass der Täter seine Opfer zufällig auswählte. Aber wissen Sie, wie unwahrscheinlich das ist? Ich habe es schon gesagt, statistisch gesehen ist es die absolute Ausnahme, dass da jemand sprichwörtlich in den Büschen hockt und auf Beute lauert. Das macht die ganze Sache noch schwieriger.«

»Sie wollten es sich also leicht machen?«, fragte der Assistent/Redakteur. »Oder blicken Sie mit einer gewissen Haltung auf eine bestimmte Bevölkerungsgruppe?«

Für wie unprofessionell hielt der Kerl ihn eigentlich?

»Herr Müller«, sagte Sina Lambach schnell, sie schien seinen Unmut zu spüren. »Sagen Sie uns doch einmal: Wie stellen sie sich den Täter vor? Er hat bis heute insgesamt neun Mal zugeschlagen, drei Frauen sind unter den Opfern. Wie stellen Sie ihn sich vor?«

Sechs Männer. Drei Frauen. Zwei der Frauen wurden nicht in der Fulda-Aue ermordet, sondern in einem Park in Kassel-Wilhelmshöhe. Der Täter riskierte immer mehr. So sicher fühlte er sich inzwischen.

»Wie meinen Sie das?«, fragte Müller. »Es geht nicht darum, was ich mir vorstelle. Das habe ich Ihnen gesagt. Es geht um begründete Annahmen.« Die Scheinwerfer knallten mit ihren gleißenden Strahlen auf ihn ein. »Was glauben Sie denn, wie ich ihn mir vorstelle? Als Irren mit stechendem Blick?« Er lachte. Das hätte er nicht tun sollen, die Stielaugen zeichneten jede Regung auf. Er legte die Hände auf die Armlehnen. »Ich glaube, er ist ein ganz normaler Mann. Ich kann Ihnen selbstverständlich nicht verraten, welches Profil die Kriminalpolizei derzeit von ihm hat. Aber allein die Erfahrung sagt uns: Vermutlich ist der Mann völlig unscheinbar und führt ein ganz normales Leben. Ist er alleinstehend? Gut möglich. Oder lebt er in dreißigjähriger Ehe mit derselben Frau zusammen? Es könnte jeder sein. Das ist das Gefährliche an einem

Täter, der seine Opfer nach dem Zufallsprinzip auswählt. Es gibt nur einen einzigen Unterschied, der ihn von normalen Menschen unterscheidet.« Müller beugte sich vor. »Er lebt seine Fantasien nicht nur in seinem Kopf aus.«

»Könnte es auch eine Frau sein?«, fragte Sina Lambach. »Wenn sie kräftig genug wäre, um einen Mann zu überwältigen und ihn mit einem Tuch zu erwürgen. Keines der bisherigen männlichen Opfer war besonders durchtrainiert.«

»Nein, das können wir ausschließen«, sagte Müller. Er hatte bemerkt, wie sie *bisherig* gesagt hatte. Es sollte bedeuten, dass sie davon ausging, dass es weitere Opfer geben würde. »Der Täter hat Sperma hinterlassen. Es muss also ein Mann sein.« Müller lehnte sich zurück. Jetzt hatten sie hoffentlich den emotionalen Teil hinter sich und es ging wieder um Fakten. Damit konnte er besser umgehen.

Sina Lambach wischte auf ihrem Smartphone herum. »Das Sperma wurde nur auf der Kleidung der Opfer gefunden, auch bei den Frauen?«

»Er hat die weiblichen Opfer nicht vergewaltigt, wenn Sie das meinen«, sagte Müller. »Offenbar onaniert er nach der Tat. Es ist der Akt des Tötens, der ihm Lust verschafft, und es kommt ihm nicht darauf an, welches Geschlecht das Opfer hat. Es geht ihm um das Töten an sich.«

Deshalb sollte es vermutlich auch möglichst lange dauern. Sina Lambach verzog das Gesicht.

»Darf man das sagen?«, fragte Müller und betrachtete die Stielaugen, die dumpf zurück glotzten. »Oder gibt es eine Altersfreigabe, die wir beachten müssen?«

»Das Töten verschafft ihm Lust?« Der rote Pullunder hatte sich fast an seinem veganen Kaffee verschluckt. Jetzt kaute er angestrengt auf seinem Kaugummi.

Fast hätte Müller gelächelt. In der hübschen Welt dieser Generation, in der veganer Kaffee ein Vermögen kostete, das Leben im Smartphone stattfand und in der niemand schlimme Worte verwendete, schien es auch keine bösen Menschen zu geben. Auf ihren Dating-Portalen, in ihren Apps, tummelten sich bestimmt auch nur fitte, gesunde und nette Menschen, die aus gänzlich unschuldigen Motiven SM-Sex mit Fremden haben wollten. Und hinterher schlürften sie alle gemeinsam ein laktosefreies Milchschaumgetränk.

»Korrekt«, sagte er. »Manche Menschen morden, weil es ihnen Spaß macht und es sie befriedigt.« Die Kunst, diesen Job zu machen bestand darin, dass er die Hoffnung behielt, dass der Täter eines Tages einen Fehler machte und gefasst wurde. Irgendwann würde der Kerl den einen entscheidenden Hinweis hinterlassen, der ihn verriet.

Interessanterweise hielten sich viele Täter selbst für gute Menschen. Sie konnten Gründe für ihre Taten aufzählen, die in ihren Ohren akzeptabel klangen. Oder sogar notwendig.

»Herr Müller, Sie hatten zwei große Fälle in Darmstadt aufgeklärt, bevor sie 2015 nach Kassel kamen. Damals waren Sie ein gefeierter Ermittler.«

Jetzt lachte Müller doch. »Gefeiert?« Auch solche Begriffe dachte sich die Presse aus. »Was soll das denn bedeuten?« Er war Beamter, er ging einem Beruf nach.

»Aber das ist fünfzehn Jahre her«, sagte Lambach.

Müller ernüchterte. Jetzt kam wieder ein Angriff.

»Gibt es nicht inzwischen modernere Methoden, die Sie in diesem Fall hätten einsetzen müssen?«

»Moment, Moment! Wer sagt, dass wir nicht die ...«

»Wir haben hier einen Bericht«, der rote Pullunder wedelte mit dem Klemmbrett, »wonach die Polizei sehr bald eine neue Technik zur Verfügung hat: Erinnerungsbilder.«

Na, den Bericht sollte er Müller mal zeigen! Wo hatte der Junge das denn her, aus einem Computerspiel?

»Im Gehirn, da gibt es solche elektrischen Impulse.« Der Assistent gestikulierte mit den Fingern an seinem Kopf herum. »Damit kann man ein Bild von dem bekommen, was der Tote direkt vor seinem Tod gesehen hat.«

Offenbar wirkte sich veganer Kaffee nicht vorteilhaft auf die Synapsen aus. Vermutlich glaubte er auch an Flugtaxis.

»Ich bitte Sie, Polizeiarbeit wie in Marvel-Filmen, davon sind wir in Deutschland noch Lichtjahre entfernt. So eine Technik funktioniert nicht. Das Gehirn verarbeitet Eindrücke, aber es kann sie nirgendwo speichern. Wir sind keine Maschinen.« Obwohl es bei manchen Leuten den Eindruck machte, sie seien mit ihrem Smartphone eine Verbindung eingegangen. Es war irgendwo auch die Poesie des Lebens: Jeden Augenblick konnte man nur einmal erleben. »Wir nutzen natürlich eine Technik, mit der wir sehen können, was ein Mensch in seinem letzten Augenblick gesehen hat«, fuhr Müller fort. »Man nennt sie: *Überwachungskamera.* In den Innenstädten zeichnen Kameras so gut wie jeden Bereich auf. Verkehrsüberwachung, Sicherheit, Ladenkameras. Meistens stehen uns Hunderte Blickwinkel zur Verfügung.«

Der Assistent rollte mit den Augen.

Lambach wippte energisch mit dem Fuß. »Dann weiß der Täter also, für welche Orte diese Systeme blind sind.«

»Selbstverständlich. Auf den Pfaden am Fluss gibt es keine Kameras. Das könnte Ihnen jedes Kind sagen.« Vielleicht der ein oder anderen Ruderclub, der seinen Eingang sicherte, dachte Müller. Es war leider nur ein schöner Nebeneffekt, dass Überwachungskameras zufällig Verbrechen filmten. »Die Polizei kann Verbrechensschwerpunkte per Video überwachen lassen, zur Gefahrenabwehr, doch in einem Stadtpark, in dem die Leute ihre Freizeit verbringen, lässt sich das nicht durchsetzen.«

»Ein Stadtrat hatte dies aber gefordert«, sagte Lambach.

»Ja. Zu fordern ist auch leicht«, gab Müller zurück. Manche Menschen erwarteten immer, dass alles, was technisch machbar war, sofort umgesetzt werden musste. Doch es gab Gesetze, etwa zur informellen Selbstbestimmung. Videoüberwachung musste gekennzeichnet werden. Und dann hätte der Täter einfach das Revier gewechselt. Das Budget der Polizei wurde auch nicht von Jahr zu Jahr größer, im Gegenteil. Müller sah direkt in die Stielaugen. »Wissen Sie, es gibt Wunschvorstellungen und es gibt die Realität. Die meisten Verbrechen werden immer noch durch Geduld und Beharrlichkeit aufgeklärt. Mit Zettel und Stift.«

»Vor zwei Jahren sollte die Sonderkommission eine neue Leitung bekommen«, sagte Lambach. »Im Gespräch war Luca Kersten, eine junge Frau, die gerade die Polizeihochschule abgeschlossen hatte, die Beste ihres Jahrgangs, sogar in den USA beim FBI hat sie die modernsten

Methoden studiert. Aber Sie haben es verhindert, Herr Müller. Sie wollten ihren Posten nicht aufgeben. Und da der Leiter des LKA ja ein guter Kumpel von Ihnen ist ...«

Wieder sprang Müller ein Bild entgegen und blieb für einen Moment anklagend in der Luft stehen. Kriminaloberrat Daniel Müller bei einer Pressekonferenz. Grau, faltig, die Haare dünn, in einer mit Abzeichen dekorierte Uniformjacke, die unecht an ihm aussah.

Gott, wann war er denn so alt geworden?

Müller hob die Hände. »Luca Kersten ist gut ausgebildet, fraglos, doch Brettschneider wollte ihr nicht gleich eine so große Ermittlung aufbürden, die unter diesem enormen Druck der Öffentlichkeit stand. Erfahrung kann man selbst mit den modernsten Programmen nicht ersetzen. Für Menschenkenntnis gibt es keinen Algorithmus. Um einen Täter zu verstehen, müssen Sie Verbindungen in einem Netz erkennen, das nicht auf Logik basiert, sondern auf Emotionen.«

Deshalb war es so schwierig, diesen Täter zu finden. Er folgte keinen Regeln, er hatte keine Rituale. Keine Vorlieben außer der Lust am Töten. Und deshalb hatte er ihnen das rote Tuch hinterlassen. Sein Triumph. Er konnte es. Sogleich hatten sich die Analytiker darauf gestürzt und wollten eine Botschaft herauslesen. Aber genau diese Methode hatte sie auf die falsche Fährte geführt. Die Wahrheit war: Es gab keine Botschaft. Das rote Tuch war ein Scherz, es war die Art des Täters, ihnen den Mittelfinger zu zeigen.

Der Pullunder blätterte auf dem Klemmbrett, auf dem sich wahrscheinlich Recherchen befanden, und flüsterte mit Sina Lambach. Schließlich sagte sie: »Wenn man feststeckt, wäre es doch gut, wenn man eine neue Perspektive einnimmt, oder? Es wäre eine Chance gewesen, den Fall noch einmal ganz neu aufzurollen.«

»Feststecken? Wer sagt das denn?«, fragte Müller. »Wir wussten, in welchem Radius der Täter agierte, in welchem Gebiet er wahrscheinlich wohnte. Auch wenn Sie es nicht wahrhaben wollen, es gibt sehr viele moderne Methoden, die wir nutzen. Tausende DNS-Abstriche wurden genommen. Es hat nur eben keinen Treffer gegeben.«

»Aber, Herr Müller, nehmen wir doch mal an, Ihre gute alte Polizeiarbeit wäre tatsächlich so erfolgreich, warum ist der Täter dann bis zum heutigen Tage noch immer nicht gefasst? Sie erklären uns nur, was alles nicht möglich war. Wie kann es denn sein, dass ein so wichtiger Fall nach zehn Jahren immer noch nicht aufgeklärt ist? Die Menschen in Kassel wollen sich doch endlich wieder sicher fühlen.«

Müller verschränkte die Arme vor der Brust. Was sollte er vor einer Kamera darauf antworten? Dass Scheitern im Leben statistisch gesehen häufiger vorkam als große Erfolge. Dass es kein Anrecht auf ein Happy End gab. Lambach wollte sagen, dass es an seiner schlechten Arbeit lag. Sicher hatte die Sonderkommission Fehler gemacht. Es gab keinen Job, in dem Menschen keine Fehler machten. Lambach behauptete, er habe bestimmten Hinweisen zu viel Bedeutung beigemessen, weil er sie moralisch beurteilt habe. Dass er neue Methoden nicht ernst nahm. Dass er einer Situation ausgesetzt gewesen war, die zu groß für ihn war. Er zu alt. Zu viel Druck.

Müller beugte sich vor. »Ich verstehe sehr gut, dass die Menschen in Kassel sich wieder sicher fühlen wollen. Dafür bin ich in über vierzig Dienstjahren jeden Morgen zur Arbeit gegangen und habe mich mit den widerlichsten Auswürfen der menschlichen Seele beschäftigt.«

Doch sein Mörder war immer noch da draußen.

Er sollte in dem Interview nur die Geschichte des Falles erzählen. Vielleicht gab es jemanden, der zusah und etwas wusste, der seine Seele erleichtern wollte. Es sollte in der Dokumentation nicht um ihn gehen.

Sanft fragte Sina Lambach: »Ab wann wussten Sie, dass Sie in den Ruhestand versetzt werden würden?«

Was sollte das denn für eine Frage sein? »Das stand lange fest. Dieses Jahr bin ich siebenundsechzig geworden.«

»Genau das meine ich, Herr Müller, wenn Sie schon vor zwei Jahren wussten, dass Sie in Rente gehen werden ...«

Er war in die Falle gegangen. Warum er seinen Thron dann nicht schon vor zwei Jahren für die junge Kollegin aufgegeben hatte, hieß die Frage.

»Ihnen war sicher irgendwann klar geworden, dass die Zeit knapp wurde und Sie den Täter endlich finden mussten.«

»Wollen Sie damit sagen, wir hätten vorher nicht alles in unserer Macht Stehende getan?« Das war absurd.

Selbstverständlich hätte er seine Dienstlaufbahn gerne mit einem Erfolg gekrönt. Wenn er jetzt durch die Stadt ging und irgendeinem Mann ins Gesicht sah, der ihm begegnete, fragte er sich: Ist er es? Könnte das der Täter sein? Womöglich sah er ihn an und lachte sich innerlich schlapp. Seine Ermittler hatten in dieser Stadt

Tausende Männer befragt, der Täter konnte sogar darunter gewesen sein. Er war nicht unter denen gewesen, von denen sie DNS-Proben genommen hatten. So schlau war er. Aber Kriminaloberrat Daniel Müller hatte das Rätsel nicht gelöst. Er hatte den Täter nicht gefasst. Für die Opfer gab es keine Gerechtigkeit.

Letzte Woche erst war es ihm an einem Morgen plötzlich schwergefallen, aufzustehen. Er war im Bett geblieben. Das war ihm vorher noch nie passiert.

Müller versuchte, zu lächeln. »Ich bin sicher, Betzing arbeitet mit gleicher Intensität an dem Fall und gibt sein Bestes.« Natürlich ging alles ohne ihn weiter. Er setzte sich aufrecht hin. »Manche Fälle werden eben nie gelöst. Auch das gehört zur Realität. Wissen Sie, wie viele Fälle von vermissten Kindern es gibt? Wie viele Eltern nie erfahren, was mit ihnen passiert ist?« Aber nicht der Ermittler ist für ihr Leiden verantwortlich. »Ich weiß schon, am Ende des Krimis muss der Täter geschnappt werden, sonst hat der Kommissar versagt. Aber das echte Leben ist kein Fernsehfilm.«

Der Kreis aus Stielaugen glotzte ihn stumm an. Auf der Oberfläche der Glaskugeln spiegelten sich ein Dutzend kleiner Müllers aus allen Winkeln: Auf dem ausgeleuchteten Stuhl saß ein alter, alkoholkrank wirkender Mann in einem zerknitterten Anzug.

Er öffnete die Hand. Das zartrosa Einstecktuch hatte er so hart zusammengepresst, dass es völlig zerknüllt war. Es entfaltete sich langsam wieder. Vor seinen Augen veränderte sich die Farbe des Stoffs jedoch. Er wurde dunkler, roter. Zumindest sah es in diesem Moment für ihn so aus. Wie Blut, das sich langsam in einer Flüssigkeit ausbreitete, lief der Stoff immer roter an. Müller griff an seinen Hals und versuchte, einzuatmen, aber seine Kehle war zugeschnürt.

autorin

Kristin Weber, geboren in Eschwege, studierte in München Schauspiel und Mittelalterliche Geschichte, spielte Theater und verlegte ihren Lebensmittelpunkt wieder nach Nordhessen. Seit 2003 schreibt sie als freie Journalistin für regionale Tageszeitungen und überregionale Magazine. Sie verfasst Sachbücher, Fantasy-Romane und Kurzgeschichten. Ihr Herz gehört dem Mittelalter und Romanen, die in historisch-archaisch anmutenden Welten spielen. Veröffentlicht: „1066. Die normannische Eroberung Englands" (Schäfer-Verlag, 2009), „Auf der Suche nach dem Leser" (Oldib-Verlag, 2017). Im Sommer 2021 erhielt sie das Stipendium des Phantastik-Autoren-Netzwerks (PAN) im Bereich „Debutroman". Homepage: www.kristin-weber.de

let's play
»wall of europe III«
#200

VON ESTHER BRENDEL

Willkommen zurück bei WatchDragon!
Freunde der Wache, ist das zu fassen? Meine zweihundertste Live-Ses-
sion! Hi, Blueprint, hi, Rocketflower,
cool, dass ihr wieder zuschaut! Hi,
Knolle, hi, Zone66! Wow, hier ist ja
schon ordentlich was los im Chat.
Viele kenn ich, aber ... WHOOOAAAT?
Über zehntausend Zuschauer? Wow.
Ihr seid der Hammer! Willkommen,
willkommen! Sagt „Hallo" im Chat! Bei
so vielen Neuen will ich dann doch
erst mal ein paar Worte dazu sagen,
wie das hier so abläuft: Ich streame
live meine „Wall of Europe"-Mission
von heute Nacht und laber euch dabei
die Ohren voll, und ihr schaut zu und
könnt im Live-Chat kommentieren.

Nur dort, sorry dafür. Ich weiß, manch ein Streamer macht das anders und macht Audioschalte für alle, aber das geht echt nur bis zu 'ner gewissen Anzahl Leute. Also: Schreibt in den Chat, was ihr cool fändet - und wenn ich grad Luft hab, geh ich drauf ein.

Und ich natürlich auch.

Oh nein, jetzt habt ihr sie schon gehört und ich hab sie noch gar nicht gebührend vorgestellt. Mein heutiger Ehrengast ist im Moment nur auf Audio, aber gleich schalten wir ihren eigenen Livestream parallel dazu. Hey, ich weiß doch, dass die meisten von euch heute nicht wegen meiner Wenigkeit dabei sind. Eine letzte Info noch, ehe es losgeht: Mein Kanal ist und bleibt werbefrei. Wer mich unterstützen will - und ihr wisst ja, damit macht ihr die heißeste Action erst möglich -, der klicke einfach auf den Link unter dem Livestream. So, und jetzt, Freunde der Wache, macht euch gefasst auf eine spannende Session. Denn heute, hier bei mir im Stream, live und in Farbe - quatsch, hehe, in Schwarz-Weiß natürlich. Bunt ist hier nur das Head-Up-Display. Wir fliegen nachts, wie immer. Und zwar im Sektor PL-013. Mit all den Buschbränden in Belarus ist hier immer was los. Und ich hoffe doch auf ordentlich Action heute. Denn heute, Freunde der Wache, ihr habt's schon gehört, fliegen wir nicht solo. Heute hat euer WatchDragon einen Gast auf seinem Kanal, und was für einen! Haltet euch fest: Heute, hier, bei mir im Livestream und zugleich am Steuer ihrer grandiosen Maschine - sagt „Hallo" zur fabelhaften QueenOfThingX!

Hallo, ihr Lieben! Danke dir für die Einladung, WatchDragon. Hat mich enorm gefreut. Ich bin soooo aufgeregt! Vorhin hätte ich beinahe meine Tastatur mit dem Minztee geschrottet. So viel zu „wirkt beruhigend auf die Psyche" ...

Du hast wohl ein paar deiner Follower mitgebracht?

Wer will das schon verpassen, wenn ich meine allererste Live-Action-Runde drehe?

Okay, ich sehe Fragezeichen im Chat. Für alle, die bisher nur Vanilla „Wall of Europe" gespielt haben, also einfach nur die unmodifizierte Version von Euroforce: QueenOfThingX ist DIE Quelle für Mods, Freunde der Wache. Sie bastelt die coolste Zusatzhardware und programmiert die besten Erweiterungen, die ihr euch vorstellen könnt. Komm, lass uns abdocken und uns gegenseitig ins Visier nehmen - nur im Hangar erst mal, dann zeig ich euch, was ich meine.

Okay ...

Ja, schaut euch dieses Prachtstück von einer Drohne an! Was für Riesenrotoren! Diese gezackten Verstärkungen sind echt geil. Rundum Sensoren. Alles das Übliche? Kameras, Infrarotsensor, Mikro, Laserentfernungsmesser ... oder hast du besondere Extras eingebaut? Oh, ich seh's gerade! Wie cool! Das ist dasselbe Flashlight, das du für mich designt hast, richtig?

Jupp.

Was ist das überhaupt für eine Riesenmaschine? Das Ding muss doch über einen Meter Durchmesser haben! Vergleicht mal! Wie winzig seh ich denn daneben aus? (Wir haben keine andere Zoomstufe eingestellt oder so was.) Was für ein fettes Ding, und trotzdem so windschnittig - und leise!

Das machen die neuen APS-Silencer. Das steht für Air-Permeable Sound Silencer. Unglaublich effektives neustes Zeug.

WHOOOAAAT? Wie hast du die denn getarnt? Ich find das so geil: Wie kann man so was bauen?

Das ist was anderes als dieser Euroforce-Kram, mit dem die meisten so rumgurken, was? No offense. Du drehst mit deinem Standard-Teil krasse Dinger.

Na ja, ganz so Standard ist meins ja auch nicht - mehr. Dank dir! ... Hey, und was ist das? Eine Reserve-Gun?

Nope. Lass dich überraschen. Ich hoffe, wir kriegen eine Gelegenheit, mein

neustes Gear auszuprobieren. Solange
könnt ihr ja mal raten ...

Okay, welchen Skin nehmen wir? Ist
cooler, wenn wir in den zwei pa-
rallelen Streams das Gleiche sehen,
oder? Was hättest du gerne? Orks?
Zombies? Aliens?

Ich mag keine Zombies. Aber ansonsten
egal. Meist nimmst du Orks, oder? Ah!
Die Ersten haben im Chat geraten, was
ich eingebaut habe! Nope, CurlyTroll
und Blueprint, es ist weder Stativ
noch Harpune. Schöne Idee aber, eine
Harpune. Muss ich mir merken. Könnte
mein nächster Mod werden.

Orks also?

Ja, gern!

„Herr der Ringe"-Fan?

Na klar!

Na, dann ... startklar?

Jupp. Meine erste echte Mission! Ihr
Lieben, ich glaub, ich hab 'nen Puls
von zweihundert oder so.

Hehe, bevor wir überhaupt loslegen?

> Du hast gut reden, du Veteran! Danke, CurlyTroll! Nee, alles gut. Ich hab ja unseren kleinen „Wachdrachen" dabei.

Wie bitte?

> Du bist der Beste!

Nur Spaß. Auf denn nun also ...

> Oh, Moment, ich muss kurz ... Nein, Schätzchen, das hast du nur geträumt. Aber Mama kann gerade nicht. Geh zum Papa, der liest dir noch was vor, okay? Ich hab dich lieb. Komm her, noch mal drücken und gute Nacht.

WHOOOAAAT? QueenOfThingX hat Nachwuchs?

> Jupp. Schon drei Jahre alt. Krass, wie schnell die wächst, die kleine Maus. So, aber jetzt kann's losgehen.

Also gut, raus aus dem Hangar! Nachtsicht ein. Und immer schön an mir dranbleiben.

>   „Treulos ist, wer Lebewohl sagt,
>   wenn die Straße dunkel wird."

Hehe, Gandalf?

> Nope. Legolas. Oder Gimli? Hmmm.
> War's der Elf oder der Zwerg? Ei-
> ner cer beiden. Ooooh, das ist echt
> gruselig, so alles in Schwarz-Weiß ...

Bist du noch nie im Nachtmodus geflogen?

> Doch, nur noch nie draußen. Ich
> probiere meine Mods immer nur im
> Übungsterrain aus. Dreht mal eure
> Lautstärke nicht allzu hoch, ihr Lie-
> ben. Ich quietsche bestimmt, wenn
> der erste Ork kommt. Nein, ich ma-
> che nur Quatsch. Ich will doch mei-
> ne kleine Maus nicht wecken, wenn
> sie es gerace geschafft hat, wieder
>   einzuschlafen ...

Blueprint hat eben geschrieben, es
war Gimli.

> Was? Ach so, der „Treulos"-Spruch.
> Echt? Ich hätte eher auf Legolas ge-
> wettet. Aprcpos Wette und „Herr der
> Ringe": Wie wär's, wir machen auch

so einen Bodycount-Wettkampf? Wie
Gimli und Legolas.

Nicht dein Ernst! Du bist doch zum
ersten Mal mit auf Patrouille.

Doch. Warum nicht? Ich hab viel
Trockenübung. Was meint ihr?

Freunde der Wache, was geht denn
ab in meinem Chat? Guck dir das an!
Alle sind auf deiner Seite!

Ooooh, ihr seid so süß! Denkt ihr
wirklich, ich habe als Grünschnabel
eine echte Chance bei der Wette?
Ich glaub's ja selbst nicht. Watch-
Dragon gewinnt bestimmt. Aber
trotzdem: Danke, ihr Lieben. Klar
gebe ich mein Bestes! Und wer weiß,
wer weiß … Ach, und guter Rate-Ver-
such, Hornblower, aber nope, mein
neues, geheimes Zusatz-Gadget ist
auch kein externer Powerpack. In
der Tat braucht das dicke Teil mehr
Power, aber die hab ich innen versteckt. So. Wohin jetzt?

Schau, da hinten ist schon der Zaun.

Wo?

Das, was da so glitzert im Mondlicht.

Ooooh, klingt das romantisch.

Na, was glaubst du, warum ich mich
so über die Damenbegleitung heute
Nacht freue?

Pass auf, du! Wenn ich dich anrem-
pele, bist DU Schrott.

Nur Spaß, nur Spaß. Dafür sind also
diese coolen zackigen Verstrebun-
gen rund um deine Rotoren, Rambo?

...

Ganz cool, CurlyTroll! Keiner muss
QueenOfThingX hier verteidigen -
die hat mehr Eier in der Hose als
die meisten Kerle. Alles nur Spaß.
Stimmt's QueenOfThingX?

...

Hey, alles okay bei dir?

Na klar, sorry, ich war nur gerade
abgelenkt. Sind das ... ist das ... ein
richtiger, ausgewachsener Wald da
draußen?

Schicke Stelle hier, was?

Wie krass! Warst du hier schon mal im Einsatz? Die Folge muss ich verpasst haben.

Ja, hehe. Na ja, wirkt vor allem nachts so cool. Tags sieht das meiste ganz schön tot aus. Nur braune, vertrocknete Holzgerippe.

Wenn so ein Wald noch am Leben wäre, wäre das echt unglaublich. Wie in diesen alten Filmen ...

Hehe, is aber auch voll unübersichtlich. Bleibste schnell an irgendeinem Ast hängen und es zerreißt dich. Und Verstecke überall ...

Hab ich gesagt, ich will da reinfliegen?

Okay, komm, wir gehen etwas hoch und folgen der Schneise.

Auf welcher Seite vom Zaun?

Außen natürlich. Innenseite wär doch langweilig. Nur immer aufpassen: Nicht weiter als 400 Meter vom

Zaun wegfliegen. Da ist die Grenze.
Nebeneinander? Willst du die Wald-
oder die Zaun-Seite?

Zaun!

Alles klar. Aber so gewinne ich
unsere Wette! Wenn sich hier
Orks rumtreiben, dann bestimmt
in der Deckung von all dem Gestrüpp in Richtung Niemandsland.
Schau, noch eine Idee von Wach-
mann51 im Chat: Ist das neue Teil
ein Fernrohr?

[Heftiges Einatmen] Guck!
Guck! Guck!

Orks? Wo?

Nein, kein Ork. Halt an. Guck, da!
Ja oben auf dem Zaun.

Ach das. Bloß irgend'n Stofffetzen.

Quatsch nicht. Das hat sich bewegt!

Wind?

Ich flieg näher ran.

Okay, Freunde der Wache. Bleibt dran!
Wir werden gerade Zeugen der fabelhaften QueenOfThingX, wie sie sich
an ein unidentifiziertes unheimli-
ches Etwas auf dem Zaun anpirscht,
vorsichtig, geradezu todesmutig,
mit ihrem coolen, geräuschlosen
Riesending - ähm, hat dein Baby eigentlich einen Namen?

Hör auf mit dem Quatsch, WatchDragon!
Das ist kein Stofffetzen.

Ganz cool, CurlyTroll, ich mach doch
nur Spaß mit unserem Newbie.

Lieb von dir, CurlyTroll, aber alles gut.
Der will nur spielen, der kleine Watch-
Dragon. Sowas nehm ich doch nicht
krumm. Warte, WatchDragon! Ich will
mir das wirklich mal näher ansehen.

Wow, ist das hell! Dafür verschwen-
dest du eine Flash-Ladung? Na denn
... Schau du dir ruhig den Fetzen an.
Ich halt solange Wach- WHOA! Ein Ork!
Habt ihr den gesehen? Hinter dem
Stamm! Mist, der war zu schnell. Den
hat dein Licht wohl aufgescheucht.

Ich habe ihn nicht gesehen.

Hehe, fast hätt ich mit 1:0 eröffnet.

Krass! Und ich hab's verpasst!

So'n Fetzen ist halt auch nicht zu
verachten.

Gleich schubs ich dich! Okay, okay,
du hattest recht, im Blitzlicht war
es nur eir ausgefranster roter
Stoff, ein olles Halstuch oder so
was. Aber es sah aus, als hätte sich
da was verfangen.

Hat's ja auch.

Irgendeir Tier, du Dumpfdrache!

So dumm ist kein Tier.

Und wenn doch?

Was hättest du denn dann gemacht?

Na, ihm geholfen!

Wie das denn? ... Moooooment, Freunde der Wache, ich ahne was: Das omi-
nöse Teil an deinem Riesenbaby ist
also auch kein Fernrohr ...

Nope.

Achtung!

Was?

Zack! Volltreffer! Freunde der Wache, euer WatchDragon hat Ork Nummer eins plattgemacht. Hehe, der Schwarzpelz hat kaum aus dem Gestrüpp gelugt, und wumms, schon lag er wieder drin.

Nee, oder? 1:0?

So ist es, Mylady.

Krass! Ein Ork! Ein Ork! Ich seh auch einen! Ooooh, der ist richtig schön gruselig, dieser finstere Fell- und Glutaugen-Effekt!

Zack! Erwischt. Hehe, fast wär der noch hinterm Baumstamm abgetaucht. Da flog sogar'n Stück Borke durch die Gegend. 2:0.

Hey! Das war meiner!

Stand dein Name drauf?

Ich hab ihn zuerst gesehen.

Sehen ist nicht kriegen. Worum haben wir eigentlich gewettet?

Na warte!

Langsam, langsam im Chat. Freunde der Wache, ihr tut ja so, als hätt ich sie beklaut!

Ooooh! Danke schön, ihr Lieben. Ich mag deine Fans, WatchDragon.

Also gut, also gut. Ich geb ihr einen Neulingsbonus und es steht immer noch 1:0, zufrieden allerseits?

Oh ja, sehr.

Lass uns hier mal 'ne Runde drehen. Vielleicht ist dein Fetzen frischer, als er aussieht, und es treibt sich hier gerade 'ne ganze Horde rum.

Krass. Meinst du, da sind welche über den Zaun?

Könnte sein ...

Ich nehm die Innenseite, ich trau mich nicht näher an diese toten Bäume ran.

Mehr Punkte für mich!

Abwarten. Okay, um was wetten wir?

Um die Ehre.

Komm schon, kein echter Einsatz?
Wie wär's damit: Wenn du gewinnst,
kriegst du einen kostenlosen Wunsch-
Mod von mir.

WHOOOAAAT? Das war doch nur Spaß
mit der Wette. Ich kann dich hier
doch nicht so abzocken! Du machst
nur Spaß, oder?

Nope.

Wow. Echt jetzt?

Jupp. Ich hätte dir eh einen Mod
gemacht, zum Dank für die nette
Einladung in deinen Stream heute
Nacht. Aber so habe ich eine Chance,
dass ich drum herumkomme.

Na, wenn man's so sieht ... Cool! Danke.

Und was kriege ich, wenn ich dich
gegen jede Wahrscheinlichkeit doch
schlagen sollte?

Boah, keine Ahnung. Helft mir mal, Leute, hat jemand 'ne Idee? ... Cooler Vorschlag, Hornblower! Ich gebe dir ein paar kostenlose Flug- und Kampf-Trainingseinheiten, falls du Geschmack am Live-Action-Patrouille-Fliegen findest?

Angenommen. Dann mal los. Hier auf der Innenseite gibt's ziemlich wenig, wo sich Orks verstecken könnten.

Hehe. Das ist ja der Sinn der Schneisen am Zaun.

Aber der Streifen auf deiner Seite ist nicht ganz so breit.

Reicht. Wenn man sich auf die Lauer legt und drauf wartet, bis was aus dem Gestrüpp kommt, erst recht. Aber das macht man nur zum schnöden Verdienen von Watchcoins. Für so ein Live-„Let's Play" wär das viel zu langweilig - oder, Freunde der Wache?

Also?

Also flieg ich mal näher ran. Wo zwei waren, sind vielleicht noch mehr.

Du traust dich was.

Wieso? Diese coole Bande von Fans hier unterstützt mich immer, wenn ich Schadensersatz an Euroforce abdrücken muss. Das einzig Nervige ist das blöde Formular für die Drohnenverlustmeldung ... Wenn mich doch mal einer vom Himmel geholt hat.

Dir passiert das ja fast nie. In meinem Riesenbaby stecken - außer all der raren Bauteile - noch ganz schön viel Herzblut und Stunden an Entwicklungszeit ... Ich gehe lieber mal höher und schaue per Wärmebild, ob sich nicht doch der ein oder andere Ork hier drinnen versteckt hat. Die Schneise scheint ja lange nicht gemäht worden zu sein.

Ja, die gehen immer nur einmal im Herbst drüber. Damit keine größeren Büsche oder so was hochkommen.

Ich schalte jetzt auf die Boden-Wärmekamera. Krass! Da hockt echt einer im hohen Gras. Den krieg ich!

Ich glaub, da musst du tiefer gehen.

Quatsch! Mist, daneben! Das schafft die Zielautomatik eigentlich mit links … Ja, genau, CurlyTroll, das muss die Aufregung sein. Mein erster Schuss in Real-Live-Action!

Noch mal.

Erwischt! Blutgespritze und Geschrei und so wird ja ziemlich gut rausgefiltert, aber ich glaube, das war ein glatter Kopfschuss, oder? OMG! Mein allererster Treffer! Ha! Mein lieber WatchDragon: 1:1! Danke, Blueprint, danke, CurlyTroll. Ich bin auch stolz auf mich. Die Bäume? Was meinst du, Hornblower?

Fuuuuuuuck!

WatchDragon! Was ist passiert? Dein Stream …

Mich hat's erwischt! Irgendwas hat mich getroffen. Scheiße!

Was war das? Ich hab gar keinen Schuss gehört, aber das hat ganz schön nach geschreddert geklungen.

Keine Ahnung! Wenn's blöd kommt, schafft's ein Steinchen aus 'ner simplen Zwille durch die Schutz-streben und zerhaut einem 'nen Rotor ...

Und warum ist alles schwarz bei dir?

O Mann, wie peinlich. Ich bin total abgeschmiert. Einfach in den Wald gerauscht. Wow. Sowas ist mir ja schon ewig nicht mehr passiert. Wahrscheinlich steckt die halbe Drohne mit der Frontkamera voraus in der Erde oder so. Moment, ich schalte den Stream auf Rear-View. Ah! Immerhin. Freunde der Wache, bewundert diesen einmaligen Fle-cken Nachthimmel, malerisch um-rahmt von ein paar toten Ästen ...

Wie krass! WatchDragon, die Legende
- am Boden!

Sorry, Leute, aber wie sagt man so schön: Hochmut kommt vor dem Fall? Und ein Extra-Sorry an alle, die in den Drohnenfabriken ihre Brötchen verdienen. Hab euch hiermit wohl Mehrarbeit gemacht. Ihr wünscht euch wahrscheinlich, dass das Zeug alles noch wie früher aus Taiwan oder China oder was käme. Freunde der Wache, das war's dann wohl für heute Nacht mit dem gemeinsamen Ausflug.

Nichts da! Das ist die perfekte Gelegenheit, mein neustes Gadget auszuprobieren. Ihr habt's vorhin sicher alle schon erraten, oder?

Sowas wie'n Greifarm, richtig?

Jupp. Also: Soll ich?

Na klar!

Oje, ob ich mich das traue?

Freunde der Wache, das ist eure Stunde: Klickt mal fleißig auf den Spenden-Button! Wir zahlen den Neubau, falls deinem Riesenbaby was passiert, oder, Leute?

Ooooh, ihr seid so süß!

Ist das nicht geil? Vielleicht werd ich gerettet! Freunde der Wache, wer hat denn so was schon erlebt hier draußen? Waaaahnsinn! Wenn

QueenOfThingX das rockt, dann sichern wir wenigstens die Bauteile
in meinem Baby. Und die Ammo ...

Warte! ... Was war das?

Was?

Dein Bild hat gewackelt. Kommst du
von allein wieder los?

Ich hab gar nix gemacht. Schon wieder! Da trampelt anscheinend jemand
um die Drohne rum. Die Orks kommen!

Aber sie halten sich schön außerhalb
deiner Kamera ... Moment, ich schalte bei mir mal zurück auf Front-View
und nehme dich ins Visier.

Fuck! Meine Rear-View-Kamera! Jetzt
auch schwarz. Aber die HUD-Senso-
ren haben gar keine Erschütterung
von einem Schlag oder so angezeigt.

Krass. Wie viele Orks da um dich
herumwimmeln. Wo haben die alle
vorher gesteckt?

Ich sag's ja, der scheiß tote Wald.
WHOA! Was ist jetzt los? Die Be-
schleunigungssensoren schlagen aus.

Und das Kamerabild ist gar nicht komplett schwarz. Guckt mal, da bewegt sich was, voll undeutlich ... Überträgt sich das im Stream?

> Also, mein Lieber, wenn du nicht beim letzten Werkstattbesuch fremdgegangen bist, dann hast du immer noch meinen Flash eingebaut. Schalt halt mal die Dauerlichtfunktion ein! Dann kann man da unten hoffentlich mehr erkennen.

Was is'n das für'n ...? Haben diese Scheiß-Orks meine Kameralirsen total zerkratzt, oder was?

> Von hier oben sieht es eher so aus, als hätten die dich in einen groben Sack gesteckt. Schau, das Licht von deinem Flash kommt zwischen den Fasern durch.

Hast recht. Scheiße, mach schnell, die wollen mich wegschleppen!

> Warte. Da tut sich was. Was machen die denn jetzt? Nee, oder? Da stellen sich welche von denen direkt vor dich. Die trauen sich was!

Von wegen. Ich kann keinen ins Visier nehmen. Abgesehen von der kaum vorhandenen Sicht - meine Zielvorrichtung klemmt.

Mit dem Sack blockiert?

Vielleicht. Aber warum stehen die alle nur so um die Drohne rum? Warum packen die nicht den Sack und hauen ab?

Keine Ahnung. Es fummeln ja immer noch welche dran herum. Vielleicht wollen die dich erst mal hundertprozentig lahmlegen?

Fuck! Kann sein. Was die zwei da vor mir gerade auspacken, könnte schon ein Knüppel oder so was sein ... Schnell, komm rüber und knall sie ab!

Okay, dann fliege ich mal - nee, das ist kein Knüppel. Ich glaube, die rollen eine Flagge aus.

Oh! Und wir haben wieder Bild in meinem Stream. Die haben den Sack von der Kamera gezogen. Und vom Flashlight. Endlich mehr Licht!

Och nööö. Was ist das denn?
Schwenken die eine Europaflagge?

WHOOOAAAT? Das geht ja gar nicht.
Das müssen wir unbedingt den Pro-
grammierern von Eurcforce schreiben. Im Ork-Skin sollte auf so 'ner
Flagge ein Stierschädel oder so
was drüber gerendert sein!

Du, ich glaube, der Orkfilter ist aus.

Hast recht. Bei mir auch. Nix mit
schwarzem Fell und glühenden Augen
und so. Die sehen auf einmal voll
normal aus! Ist das zu fassen?

Muss wegen der Flagge sein. Da hat
wohl die Bilderkennung automatisch
in den Safety-Mode geschaltet. Ich
guck mal in mein Ereignisprotokoll.
Jupp: „Safety mode signal detected.
Filter off."

Was ist das'n für'n Scheiß?

Dass der Filter aus ist, oder dieser
Zettel, den die dir jetzt vor die
Linse halten?

Kannst du das Gekrakel lesen?

Warte. Der wackelt zu sehr. Jetzt:
„Be human! #NoHumanIsIllegal"

Fuck.

Jupp.

Killt die Stimmung, was?

Jupp. Och menno, es war gerade so
spannend.

Ja. Das verdirbt's einem.

Und jetzt?

Fuck. Keine Ahnung. So'n Scheiß ist
mir noch nicht vorgekommen.

CurlyTroll schreibt, wir sollen
einfach weitermachen.

Hat er ja schon irgendwie recht.

Müssen wir wohl, oder? Danke noch-
mals, EU-Parlament, für den Bann
von autonomen Waffensystemen.

Aber guck dir die an, sind da nicht
sogar Kinder mit dabei? Fuck! Du
bist ja selber 'ne Mami!

Aber nicht die Mami von der ganzen
verkackten Welt. Soll's uns hier genauso dreckig gehen wie dem ganzen
Rest? Reinlassen ist ja wohl keine
Alternative.

Haste auch wieder recht. Noch'n 2035
will keiner.

Genau. Abschreckung ist alles. Noch
so eine Flüchtlingsschwemme und
wir können einpacken.

Was meint ihr, Freunde der Wache?
Abbruch oder Rettungsmission?

Okay, okay, ihr braucht nicht mehr
zu schreiben, ich hab's kapiert: Auf
in die Rettungsmission!

Cool!

Moment ... Jetzt nicht, Schätzchen.
Lass die Tür zu, ja? Na klar, Mama
kommt noch mal rein, wenn sie hier
fertig ist. So. Bin gleich bei dir,
WatchDragon, aber erst umgehe ich
den Safety-Mode. Ohne Orkfilter
will sich das hier keiner antun,
oder?

Leg los, Queeni! Ich mach schon mal
Wagner an.

Sicherheitsmodus aus. Zielautomatik
an. Salvenmodus an. Schwarzpelze,
jetzt kommt die Kavallerie!

autorin

Esther Brendel wurde 1978 in Hessen geboren und lebt heute zusammen mit ihrem Mann und ihren zwei Kindern in Bingen am Rhein. Sie studierte Biologie, arbeitete in einer PR-Agentur, kehrte aber schnell zurück in die Wissenschaft und promovierte in Psychologie. Heute arbeitet sie halbtags in der Uni-Verwaltung, um sich in der anderen Hälfte des Tages vor allem als „Scientist for Future" für Umwelt- und Klimaschutz zu engagieren. Gemalt und gezeichnet hat sie, solange sie zurückdenken kann, und mit elf Jahren fing sie mit dem Schreiben eines 1600-seitigen Fantasy-Romans an, doch diese ihre Leidenschaften stellt sie meist hintenan. Die Zerstörung unserer natürlichen Lebensgrundlagen bestimmt oft nicht nur ihre alltäglichen Prioritäten, sondern immer öfter mischt sich das Thema auch in ihren Bildern und Romanen mit ihrer Vorliebe für Fantasy und Science-Fiction. In ihrem Blog berichtet sie über ihr Familienleben ohne Auto: www.made4walking.de

morgen ist auch noch ein tag

VON ESTHER GEISSLINGER

Die Leine hing fest. Langsam – bloß nichts zerreißen – tastete Scarlett mit ihren behandschuhten Händen an der Rückseite ihres Raumanzugs entlang, bis sie den Karabiner gefunden hatte. Im Display ihres Helmvisiers zuckten die Zahlen des Countdowns: Noch drei Minuten, dann geriet diese Seite der rotierenden Station ins Sonnenlicht. Schon jetzt hing ein Lichtbogen über dem metallischen Horizont der Hülle. Wenn die Sonnenglut Scarlett erwischte, würde die Temperatur im Anzug so stark steigen, dass ihr Blut förmlich kochte. Angeblich ging es schnell. Vielleicht nicht der schlechteste Tod.

Mit der rechten Hand hakte sie den Karabiner los und zog an der Leine, während sie sich mit links an der Leiter festhielt, um nicht davonzutreiben. Der schnelle Tod im Anzug machte ihr keine Angst, aber sie wollte nicht wie ein Stück Weltraumschrott um die Station fliegen, bis ihr Sauerstoffvorrat erschöpft war. Ein weiteres Zerren, dann hing die Leine frei und schwebte in weiten Lassobögen im Raum. Noch zwei Minuten, bis die Sonne über ihr stand. Scarlett hakte die Leine in die Führschiene neben der Leiter ein und kletterte weiter. Neben ihr setzte sich Rhetts kastenförmiger Körper in Bewegung, er rollte auf Magnet-Ketten an der Hülle entlang.

Schon lag die Hälfte des Metallzylinders in gleißender Helligkeit. Scarlett stieß sich ab, trieb einige Meter vorwärts, stieß sich erneut ab. Der Schutzraum kam in Sicht, ein signalrot gestrichener Kasten, der an der Hülle klebte. Die Leiter führte darauf zu, aber die Station bewegte sich schneller als Scarlett in ihrem steifen Anzug, der Sonnenfleck kam immer näher. Rhett rollte auf sie zu, sie streckte eine Hand aus, packte den Roboter und ließ sich von ihm ziehen.

Nur einen Augenblick, bevor die Station sich ganz der Sonne zudrehte, glitt Scarlett in den Schatten des Schutzdaches, der kleine Roboter stoppte neben ihr und fuhr seine Antennen ein. Sie legte die Arme um ihn. Das Schutzdach hielt die Hitze ab, aber die Platten waren nicht mehr komplett, und durch feine Risse drang Licht durch; es legte sich auf Scarletts Schultern wie ein Gewicht.

Sie schloss die Augen und leckte sich die trockenen Lippen. Seit fünf Stunden war sie draußen, eigentlich zu viel Zeit in der Strahlung. Aber sie hatte länger als sonst für ihren Gang gebraucht. Die Hülle wurde von Tag zu Tag brüchiger, es gab immer mehr Stellen, die sie flicken musste.

In ihrem Helmdisplay begann ein neuer Countdown: Gleich lag die Schutzhütte wieder im Schatten. Von hier aus waren es nur wenige Meter bis zur Schleuse.

Auf dem Rückweg hielt sie, wie an jedem Tag, kurz an und drehte sich von der Hülle weg. Weit unter ihr schwebte die Erde, ein blau-brauner Ball unter einer hellgrauen Wolkenschicht.

Jenseits der Sicherheitstür zog Scarlett den Anzug aus und streckte sich. »Was meinst du, Rhett – reicht es für heute?«

»Morgen ist auch noch ein Tag«, erwiderte Rhett. Selbst mit ausgefahrenen Antennen reichte er ihr nur bis zur Hüfte, sein kastenförmiger Körper ging ihr bis zu den Knien. Doch seine Stimme klang voll und sonor.

»Wenn du es sagst.« Sie gähnte mit weit offenem Mund. »Eines Tages programmier' ich dir mehr Sätze, versprochen.«

»Aber nicht heute. Morgen ist auch noch ein Tag.«

Sie strich über seine Oberfläche, spürte die winzigen Narben und Buckel in seiner Titanschicht. »Hoffen wir es.«

Ihr Quartier befand sich wenige Meter entfernt, direkt an der Außenhülle, mit einem Fenster, das sich automatisch verdunkelte, wenn das Sonnenlicht hereinfiel. Aus der Dusche in ihrem winzigen Bad tröpfelte es nur, aber in dem Kanister in der Ecke, in dem sie ihren Notvorrat aufbewahrte, schwappte noch ein Liter Wasser. Es stank nach Jauche, wie manchmal, wenn die Aufbereitungsanlage überlastet war. Eigentlich hatte sie damit den Boden scheuern wollen, aber sich selbst zu waschen, ging vor. Mit einem Becher goss sie sich das lauwarme Wasser über Kopf und Oberkörper, seifte sich ein und benutzte den letzten Rest des Wassers, um alles abzuspülen. Mit einem Lappen, der ehemals rot gewesen sein mochte, wischte sie Rhetts Oberflächen ab. »So, nun sind wir beide wieder schön.«

Sie trat auf den Gang, der ins Zentrum der Station führte, Rhett rollte hinter ihr her. Nur wenige Lampen brannten – wozu auch, es lebten kaum noch Menschen in diesem Teil der Station. Als ob es weiter drinnen sicherer wäre! Wenn die Hülle brach, starben sie alle, es dauerte drinnen höchstens ein paar Atemzüge länger - mehr Zeit, um Angst zu haben.

Auf dem Boden lagen Scherben und zerbrochene Möbel, an den Wänden flackerten verblasste Leuchtbotschaften: » ... zurück zur Erde ... zurück zur Erde ...«

»Blödsinn, Rhett, was? Oder glaubst du, dass irgendwann wieder jemand auf der Erde leben könnte?« Als ob er darauf eine Antwort hätte. »Was meinst du, läuft morgen die Dusche wieder?«

Der Roboter schloss zu ihr auf. »Morgen ist auch noch ein Tag.«

Nach etwa zehn Minuten erreichten sie die ersten bewohnten Kabinen. Hier brannten mehr Lampen, die Böden waren gefegt, an manchen der Metalltüren waren Namensschilder angebracht. Scarlett las sie nur aus den Augenwinkeln. Viele Leute waren misstrauisch in diesen Zeiten, sie fürchteten sich vor Fremden und verbarrikadierten sich in ihren Kabinen.

»Dabei sind wir ganz harmlos, Rhett, was?«

»Aber nicht heute.«

»Ach, dummer Kerl.« Scarlett blieb vor einer Tür stehen, an der das Wort »Laden« in Leuchtzeichen blinkte.

Darüber hing eine Kamera, die Scarletts Bild nach drinnen übertrug: ihre abgetretenen Stiefel, die Hose, die ihr zu weit geworden war, das zerschlissene Hemd, der kleine Roboter, der sich an ihrer Seite hielt wie ein Hündchen. Scarlett gähnte, diesmal legte sie eine Hand über den Mund, um die Lücke im Unterkiefer zu verbergen. Der Zahn war vor einem Jahr locker geworden und ausgefallen. Es lag an der Strahlung draußen, sie machte Zähne und Knochen kaputt, und die sonnenverbrannte Haut auf Scarletts Wangenknochen heilte nie. Aber es gab eine Extra-Ration Trinkwasser als Lohn, und sie hatte ihre Ruhe bei der Arbeit.

Ein knisternder Lautsprecher schaltete sich ein. »Was willst du?«

»Tofu«, sagte Scarlett. »Geräucherten, wenn du hast. Und Erbsen.« Am liebsten hätte sie etwas Exotisches gehabt, Spargel oder Ananas – allein die Worte ließen ihr das Wasser im Mund zusammenlaufen –, aber sie konnte sich eben nur Erbsen leisten.

»Was gibst du?«

Scarlett zog einen Plastin-Beutel aus der Tasche und hielt ihn vor die Kamera. »Zucker. Ich habe fünfzig Gramm.«

Eine kurze Pause, dann öffnete sich die Tür, eine Frauenhand – die Haut sah im Kunstlicht des Ganges grau und ledrig aus – reichte eine Waage hinaus. Scarlett schüttete ihren Zucker in eine Schale, reichte die Waage zurück und erhielt ein in brüchige Folie geschlagenes Päckchen und eine kleine, verbeulte Dose, deren Etikett aussah wie von Kinderhand gezeichnet. Scarlett wog sie in der Hand, dann sagte sie kurz entschlossen: »Hast du Bier? Gegen weitere 50 Gramm?«

Damit war sie von einer Bettlerin zu einer guten Kundin geworden, die Frau hinter der Tür klang freundlicher: »Du hast was zu feiern, ja?«

Eine verbeulte Dose, eine schmierige Glasflasche – oh, das gab ein rauschendes Fest. Scarlett wollte lachen, aber sie ahnte, dass sie weinen würde, wenn sie noch ein Wort sagte, weinen um die verlorenen Tage und die erloschenen Hoffnungen, um die Feiern, die vergangen waren, und jene, die nie stattfinden würden.

Die Tür öffnete sich weiter, die Frau reichte ihr die Flasche. Auf einmal schien sie in Plauderstimmung. »Du arbeitest doch draußen. Und, bricht sie?«

Scarlett hob die Schultern. »Bestimmt irgendwann.«

»Wann?«, fragte die Frau. »Heute?«

»Ich weiß nicht«, sagte Scarlett. »Ich sehe nur meinen Abschnitt der Hülle. Ich weiß es nicht.«

»Also nicht heute?«, fragte die Frau, drängend, hoffnungsvoll. Natürlich, sie hatte gerade hundert Gramm Zucker erhalten, und wenn sie ein paar weitere gute Geschäfte machte, könnte sie wertvollere Ware eintauschen, Drogen oder vielleicht sogar Gemüse. Hundert Gramm Zucker gleich hundert Gramm Hoffnung.

»Ich weiß nicht. Heute, morgen, irgendwann.«

»Aber es gibt keinen Grund, warum es ausgerechnet heute passiert«, sagte die Frau. Sie stand in der Tür, beugte sich zu Scarlett, jetzt ganz vertraulich. Ihr dunkles Haar roch nach Staub und Zucker. »Ich frage alle, weißt du. Es kommen viele wie du – die draußen arbeiten und es wissen müssen. Alle sagen, was du sagst: Sie hat gehalten, sie wird noch ein bisschen länger halten.«

Scarlett war ziemlich sicher, dass sie das nicht gesagt hatte, aber sie nickte und hob eine Hand zum Gruß.

Auf dem Rückweg überlegte sie, ob sie gern mit der Händlerin tauschen würde. Auf den Markt gehen, nach Waren stöbern, handeln ...

»Wäre das was für uns, Rhett? Nein, was? Es ist gut, wie es ist.« Auf ihrem Plan stand: essen, dann schlafen. So wie am Tag zuvor und am Tag davor und allen Tagen, an die sie sich erinnern wollte. Und das Bier würde sie trinken, langsam und genüsslich.

In ihrer Kabine, die erhellt war vom kühlen Licht der Sterne vor dem Fenster, schaltete sie das Vifon an und sah das vertraute Gesicht von Marcus Sinclair, das seit Jahren ihre Abende mit seiner tiefen Stimme und seinem herzlichen Lachen begleitete. Er trug, wie immer, einen tadellos geschnittenen hellblauen Anzug, sein markantes Kinn mit dem Grübchen war glatt rasiert.

»Guten Abend, meine lieben Freunde!« Er zwinkerte mit einem Auge, als meinte er nur Scarlett.

Witzigerweise ging das Gerücht, dass ausgerechnet dieser beste aller Männer, ihrer aller Freund, nur eine Animation war.

»Werfen wir zuerst einen Blick auf den Zustand der Hülle«, sagte Sinclair. »Dazu wie jeden Abend unser Experte, Dr. Seif.«

Dr. Seif, weißes Haar, weißer Kittel, Brille mit Goldrand, war wahrscheinlich ein Mensch, denn er sah von Tag zu Tag älter aus, gegen die dunklen Flecken unter seinen Augen halfen weder Schminke noch das Scheinwerferlicht im Studio. Aber sein rosiger Mund sagte unbeirrt dieselben Dinge wie an allen Abenden zuvor: Die Lage ist ernst, aber nicht bedrohlich. Unsere tapferen Leute draußen auf der Hülle reparieren die Schäden. Ja, es gibt eine gewisse Materialermüdung – wir befinden uns seit Jahrzehnten im Orbit um die Erde und die Strahlung im Raum ist gefährlicher, als wir es berechnet hatten, aber wir sind dabei, eine stärkere Hülle zu konstruieren. Wir haben den heutigen Tag überstanden, wir überstehen den morgigen. Und wer weiß, irgendwann könnte vielleicht eine Rückkehr zu Erde möglich sein.

»Vielen Dank, Dr. Seif«, sagte Sinclair. »Ich denke, das beruhigt uns alle sehr.«

»Aber ja doch«, sagte Scarlett. Glaubte noch irgendjemand, was das Vifon sagte? Vielleicht die Händlerin, die jetzt in ihrer Kabine hockte und Zucker wog. Ja, die mochte es glauben.

Der Mini-Herd in der Ecke piepte zum Zeichen, dass das Essen fertig war. Scarlett nahm den Teller heraus und hockte sich im Schneidersitz vor den Bildschirm, dessen mattes Licht sich mit dem Sternenschein von draußen mischte. Der Teller wärmte ihre Oberschenkel, der Essensgeruch stieg ihr in die Nase.

Die Kabine war so klein, dass sie die Wände erreichen konnte, wenn sie die Arme ausstreckte. Um die Kälte abzumildern, die die metallenen Platten abstrahlten, hatte sie Decken und Tücher an den Wänden und auf dem Boden befestigt, sodass sie wie in einem Nest saß. Rhett knickte seine Metallfüße ein und legte sich neben sie. Scarlett wischte mit dem roten Lappen über seine Oberseite und wedelte den Staub von seinen Sensoren. »Sollst doch gut aussehen, Kleiner.«

»Aber nicht heute.«

»Grade heute.« Sie schüttelte den Schmutz aus dem Tuch, breitete es sich vor sich aus und stellte den Teller darauf. Langsam begann sie zu essen, kaute jeden Bissen. Der Tofu schmeckte eher sauer als rauchig, vielleicht war er ein wenig verdorben. Die Erbsen hatten eine schleimige Konsistenz, trotzdem war ihr Aroma intensiver als das der künstlichen Proteinriegel, die Scarlett an den meisten Tagen aß.

»Und nun etwas Musik«, sagte Sinclair. »Wir sehen eine historische Aufzeichnung.«

Auf dem Bildschirm erschienen sechs junge Männer, vielleicht auch Frauen, alle gleich puppenniedlich, mit grün, blau oder grellgelb gefärbten Haaren. Sie trugen enge blaue Hosen und bunte Oberteile und tanzten durch eine bunte Landschaft, während sie in einer Sprache sangen, die Scarlett nicht verstand.

Sie beugte sich weit vor und starrte auf die Gesichter der jungen Leute. Keiner von ihnen schien Angst zu haben.

»Und nun zur Versorgungslage«, sagte Sinclair. »Mehrere Zuschauer haben die Trinkwasserqualität bemängelt ...«

Wenn das schon im Vifon lief, war die Lage ernster, als Scarlett gedacht hatte. »Was meinst du, Rhett – ob die Aufbereitungsanlage tatsächlich kaputtgeht, bevor die Hülle bricht?«, fragte sie.

»Ich werde immer für dich da sein, Scarlett.«

Das war der letzte Satz seines Repertoires. Meistens fühlte sie sich dadurch getröstet, jetzt nicht. Brach die Hülle, starben sie schnell. Verdursten dauerte lange. Warum hatte sie den Notvorrat aus dem Kanister nicht aufgespart? Jauchegeruch oder nicht, einen Tag wäre sie damit über die Runden gekommen. »Morgen«, sagte sie. »Wenn es morgen Wasser gibt, verschwende ich es nicht.«

Als die Nachrichten beendet waren, schaltete sie den Ton ab, ließ nur die Bilder laufen, einen alten Film von der Erde. Scarlett sah hin, ohne auf die Handlung zu achten. Ob wohl alle Menschen auf der Station sich ärgerten, dass sie ihre Wasserrationen verschwendet hatten?

Aber darüber wollte sie morgen nachdenken. Sie öffnete die Bierflasche und trank den ersten Schluck andächtig. Sie lehnte sich zurück, legte einen Arm um Rhett und fühlte sich leicht.

Vielleicht war morgen auch noch ein Tag.

DIE AUTORINNENGRUPPE KOMMPLOT

Wir sorgen für Lesevergnügen! Unser Spektrum umfasst Belletristik, Fantasy, Science-Fiction, Steampunk, Jugendbuch, Sachbuch, Kinderbuch und historischer Roman. Unsere Romane nehmen die Leser und Leserinnen mit in ferne und unbekannte oder in ganz nahe und vertraute Welten und bereiten ihnen schöne Stunden jenseits des Alltags. Wir liefern Spannung, schenken Momente zum Träumen, geben Stoff zum Nachdenken und zum Lernen oder entführen mitten hinein in das Chaos robuster Action-Sequenzen.

Besuchen Sie uns auf der Homepage:
www.kommplot.com

SIE KÖNNEN MITHELFEN UND UNS UNTERSTÜTZEN

Wenn Ihnen das Buch gefallen hat, bitte schreiben Sie eine Rezension – online, auf Rezensionsportalen oder in sonstigen Medien. Wir würden uns sehr darüber freuen!

DANKE

Es war ein gemeinsames Abenteuer. Die Autorinnengruppe KommPlot sagt Danke an alle, die bei unserem ersten Anthologie-Projekt mitgewirkt haben – allen voran den talentierten Autorinnen und Autoren, die geschrieben und sich gegenseitig lektoriert haben: Esther Brendel, Lisa Feßler, Charlotte Fondraz, Esther Geißlinger, D. O. Hasselmann, Kim Skott, Heike Knauber, Kristin Weber und Claudia Zentgraf. Ganz genau hingeschaut hat unser:e Korrektor:in Invar Thea Eickmeyer, das sensationelle Cover und der Buchsatz stammen von Laura Newman. Ohne unsere Lehrerin im Kreativen Schreiben, Lisa Kuppler, wären wir nicht da, wo wir jetzt sind, sie hat uns zu Autorinnen und Autoren gemacht - ganz herzlich: Danke!